BLANÇAY,

PAR L'AUTEUR

DU

NOUVEAU VOYAGE

SENTIMENTAL.

Frontispice de Blancay.

Tom. II. Pag. 196.

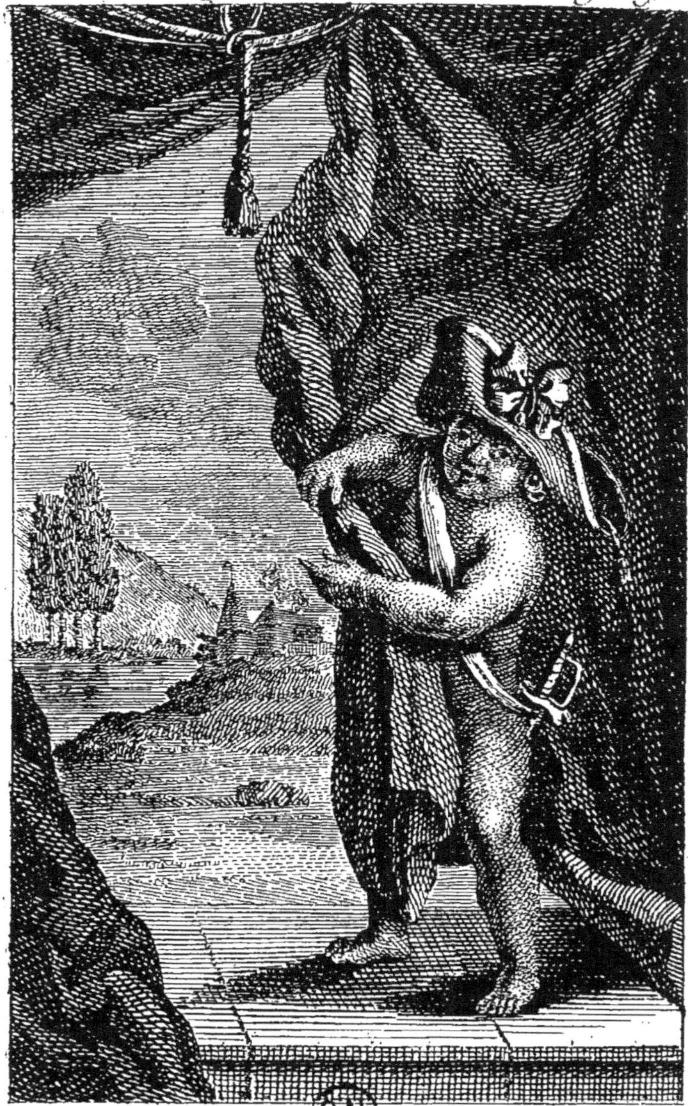

BLANÇAY,

PAR L'AUTEUR

DU

NOUVEAU VOYAGE

SENTIMENTAL.

TROISIÈME ÉDITION.

SECONDE PARTIE.

A PARIS,

Chez LOUIS, Libraire et Commissionnaire, rue Saint-Severin, N°. 29.

1792.

BLANÇAY.

CHAPITRE PREMIER.

LA DÉVOTE ET SES VASSAUX.

QUELQUE tems après, je retournai
à la campagne ; mais ce fut pour
aller à la terre de M. d'Arleville :
et quelle différence ! Ce n'est pas
qu'il ne fût beaucoup aimé, ainsi
que ses deux enfans : mais la répu-
tation de Madame d'Arleville l'y avait
précédée. Cependant, comme elle
n'y était pas encore venue, on lui

fit les honneurs que l'on crut devoir à la nouvelle épouse d'un Seigneur que l'on chérissait. Tout le village vint au-devant d'elle : mais on n'avait pas cet air empressé qui fait tout le charme des hommages : le respect seul avait dicté la harangue du Bailli : et ce qui marquait encore plus, c'est que, dans les phrases qui s'adressaient à M. d'Arleville et à ses deux enfans, on retrouvait l'expression du sentiment. Leurs yeux disaient à l'observateur attentif: « Quel dommage que » ce brave homme ait cette femme-là » pour épouse ! Nous étions heureux. » Il y a bien à craindre à présent que » nous ne le soyons plus ». Les plus malins regardaient alternativement la Dame et l'Abbé Fallacio, (qu'elle

menait par-tout) et semblaient dire :
» Voilà sûrement celui dont on nous
» a parlé ».

Madame d'Arleville répondit à la
harangue du Bailli, par deux ou trois
mots qu'elle appela un remercîment :
puis s'informa s'il y avait de la piété
parmi ses vassaux, enjoignit au bon
Curé Francir d'y tenir la main, promit
sa bienveillance à ceux qui prieraient
le plus : tout cela brodé de quelques
phrases mystiques, et dit du ton de
dignité d'un être supérieur qui veut
bien descendre de sa sphère. Elle
finit par donner au Curé diverses
choses pour l'ornement de l'Eglise.
Adèle était allée se mêler parmi les
villageoises, qu'elle embrassoit bien
cordialement, donnant aux jeunes

des rubans ; aux vieilles, des croix, des boucles , des colliers........ Son frère, entouré des hommes , leur parlant avec cette affabilité si puissante sur l'inférieur, leur annonçait que , le Dimanche suivant, son père donnerait des prix pour la course, et que l'on danserait ensuite.

La joie revint animer la physionomie de ces braves gens ; mais ils regardaient toujours Mme. d'Arleville, avec l'air de dire : ----"Quel dom-
,, mage qu'une aussi bonne Demoi-
,, selle , qu'un aussi bon jeune homme
,, aient une pareille belle-mère ,, !

Il n'y eut que quelques vieilles femmes, dévotes aussi, mais de bonne foi , qui, sachant qu'elle allait tant à l'Eglise...... Il s'en faut qu'elle en-rabattît dans un endroit où elle voulait donner l'exemple. Tous les jours, elle y passait trois ou quatre heures. Le Dimanche, elle y resta presque toute la journée, persuadée qu'au respect pour son rang, ses vassaux joindraient la vénération pour sa piété. Elle se trompait. Nulle part on n'est dupe long-tems de la fausse dévotion. Dès que l'office fut fini, on laissa la béate dans son banc seigneurial, et pendant qu'elle feuilletait ses livres, on était déja au château, disputant le prix de la course, et dansant sous les marronniers de la grande cour.

CHAPITRE II.

LES PLAISIRS TROUBLÉS.

AU lieu de la prétention de briller
qui préside aux bals de la ville, on
n'avait là que le desir de s'amuser.
On y dansait de tout son cœur; le
ménétrier jouait de toute sa force,
et la vraie gaieté animait tout le
monde. Au lieu de ces tables de jeu,
auxquelles vont combattre, pendant
toute une nuit, ceux qui ne dansent
pas, les mères et les vieillards, assis
sur des banquettes, encadraient le tableau et ajoutaient à son effet. Enfin,
chacun des rubans qu'Adèle avait

donnés aux jeunes villageoises, nouait
une collerette et parait un chapeau....
Est-il surprenant qu'au village la
moindre assemblée devienne une fête ?

C'était pour moi qu'elle en était
véritablement une , pour moi qui
dansais avec Adèle. Chaque fois que
nos mains se touchaient..... nous
n'avions pas , comme à la ville , de
ces gants, qui exigent un serrement
décidé , auquel la pudeur se résout
difficilement. Nos mains étaient nues ,
le moindre frémissement était senti.
Et puis ce terrein inégal qui , en
mettant de l'incertitude dans les pas ,
forçait , pour les assurer , de s'appuyer
un peu sur la main du danseur.....
Je ne sais si mon imagination me
trompait, mais elle me rendait bien

heureux, et je me livrais à tout le charme de ses illusions, lorsque Madame d'Arleville revint, suivie d'un laquais portant sa bibliothèque d'Eglise, ses carreaux, son épagneul..... Elle entend la musique, apperçoit la danse, arrive furieuse, fait renverser l'orchestre ; et, s'en prenant à tout le monde : --- « Com-
» ment, Monsieur d'Arleville, vous
» autorisez de pareilles choses ! Et
» vous, Mademoiselle, c'est comme
» cela que vous vous respectez !
» Danser comme une folle au milieu
» d'un tas de paysans ! Vous profitez
» bien des exemples que je vous
» donne ».

En un instant, la jolie assemblée fut dispersée.

___

CHAPITRE III.

BIEN RÉPONDU.

___

Nous ne fûmes pas quittes aussi promptement des aigres et pieuses remontrances de Madame d'Arleville. Le Curé, qui fut mandé, ce bon M. Francir, en fut le principal objet. --- « Il était inconcevable qu'un » homme de son âge permît des plai- » sirs aussi profanes ! --- Madame, » les malheureux, que le sort con- » damne à des travaux pénibles, se- » raient bien à plaindre, si, après » une semaine entière de travail, ils » n'avaient pas un jour de récréation. » --- Monsieur le Curé, l'Écriture dit

,, un jour de repos. --- Cela est vrai,
,, Madame, mais, pour l'homme que
,, l'habitude de la fatigue rend actif
,, et robuste, un repos absolu serait
,, une peine, au lieu d'être un dédom-
,, magement. --- Comment ! Monsieur
,, le Curé, vous mettez de la préten-
,, tion dans vos réponses ! Vous feriez
,, mieux d'en mettre à convaincre vos
,, paroissiens, que le Dimanche est
,, entiérement destiné à prier. --- Ma-
,, dame, pour obtenir assez, il ne
,, faut pas exiger trop. L'enfant qui
,, revient de l'école, embrasse son
,, père, lui fait quelques caresses,
,, puis va se livrer aux amusemens
,, de son âge. Si on exigeait que le
,, tems qu'il leur destine, il le passât
,, tout auprès de son père, croyez-vous

,, qu'il mît la même ferveur dans ses
,, caresses ? --- Il est bien étonnant,
,, M. Francir, qu'à votre âge , vous
,, ayiez un esprit de tolérance aussi
,, dangereux dans un Pasteur. -- Plus
,, on vieillit , Madame , plus on doit
,, devenir indulgent. 'L'expérience ne
,, sert qu'à prouver les abus de l'intolé-
,, rance , et j'aime mieux être entouré
,, d'enfans qui m'aiment comme un
,, père, que de gens qui me craindraient
,, comme........... --- M. le Curé,
,, finissons un verbiage inutile. Je suis
,, trop instruite sur cet objet , pour
,, que vos phrases puissent ébranler
,, mes principes. Il n'y a qu'un mot
,, qui serve. Je prétends que vous
,, défendiez les jeux et toute espèce
,, d'amusemens , le Dimanche. ---

,, Je suis fâché , Madame , de ne
,, pouvoir faire ce que vous desirez :
,, mais je n'agis jamais contre ma
,, façon de penser. --- Vous êtes bien
,, hardi , Monsieur , de me tenir tête
,, sur un pareil sujet. Comptez que
,, j'en porterai des plaintes. Eh ! qui
,, aura donc de la religion , si les
,, Pasteurs eux-mêmes ...... Cela
,, est affreux ! Grand Dieu ! quel
,, siécle ! quelle perversité ! Monsieur,
,, le Curé , je vous reverrai quand
,, vous aurez adopté d'autres prin-
,, cipes. --- Madame , ce ne serait pas
,, ce motif-là qui m'en ferait changer».

M. Francir sortit , en faisant un
salut si expressif , que , pendant quelques minutes , Madame d'Arleville fut
comme suffoquée. -- ,, Grand Dieu ,, !
dit-elle

dit-elle enfin, " qui pourrait croire
,, de pareilles choses ? Et l'on s'étonne
,, que les Seigneurs ne répandent pas
,, le bonheur dans les campagnes !
,, Ce serait une si grande jouissance
,, pour moi, que de rendre tous mes
,, vassaux heureux ! mais non ; ils
,, ne savent l'être que dans le péché.
,, Et leur Pasteur encore, qui au lieu
,, de les éclairer..... Il n'y a plus
,, ni piété, ni vertu sur la terre ,,.

II.   B

CHAPITRE IV.

LE CHIEN DE LA DÉVOTE ET LE BRACONNIER.

CE torrent de pieuses exclamations fut interrompu par une vieille femme-de-chambre, qui vint annoncer que Pyrame (c'est le nom de l'épagneul) avait des coliques. — ,, O ciel, mon ,, Pyrame ! Apportez-le-moi bien vîte. ,, Cette chère bête ! que peut-elle donc ,, avoir,, ? Pyrame fut apporté mollement étendu sur un coussin, que la vieille déposa sur les genoux de Madame d'Arleville. On fit chauffer des mouchoirs de batiste pour envelopper le malade. On lui présenta

toutes les friandises imaginables , tout
cela accompagné de caresses pour lui ,
de reproches pour les gens , de brus-
queries contre ceux qui n'apportaient
pas assez vîte , ou d'un air assez
chagrin , ce que l'on imaginait de lui
offrir. Au milieu de ses doléances ,
des expressions de sa mauvaise humeur , Madame d'Arleville ne cessait
de se récrier sur son extrême sensibilité , qui ne lui permettait pas de
voir souffrir le plus petit être, sans
partager ses maux --- " Pour vous ,
,, Mademoiselle ,, , en s'adressant à
Adèle , " rien au monde ne peut vous
,, émouvoir. Vous verriez mourir ce
,, pauvre animal, sans en être plus
,, affectée. Mon cher Pyrame ! Il n'y
,, a que moi qui compatisse à ton mal.

,, Délicat comme tu es, il y a long-
,, tems que tu aurais péri, si tu étais
,, tombé en de certaines mains. On
,, n'aurait jamais eu pour toi ces
,, soins tendres qui exigent une sen-
,, sibilité aussi vive, aussi exquise
,, que la mienne. . . . . Qui est-ce
,, donc qui ouvre si brusquement cette
,, porte ? Ce pauvre Pyrame en a tres-
,, sailli ,,.

C'était le garde-chasse amenant un
paysan qu'il avait surpris tirant un
coup de fusil. Ce pauvre homme courut se jeter aux genoux de M. d'Arleville. Il en fut reçu avec cette
nuance de sévérité qui laisse entre-
voir le pardon ; et il commençait à se
rassurer, lorsque Madame d'Arleville
prenant la parole : --- Comment,

» malheureux ! tu oses chasser mal-
» gré les défenses ? et encore c'est
» un Dimanche que tu choisis ! ---
» Madame, je vous supplie de m'en-
» tendre : je ne suis point un bra-
» connier. --- Au lieu d'être à l'Eglise !
» --- C'est la première fois que j'aie
» chassé ; on peut s'en informer. ---
» Aller braconner, au lieu de prier
» Dieu ! --- Hélas ! c'était pour con-
» tenter ma pauvre femme, qui est
» à la veille d'accoucher, et qui,
» depuis je ne sais combien de tems,
» me tourmente pour avoir un bec-
» figue. --- Un bec-figue ! Il sied bien
» à de pareils êtres d'avoir de telles
» envies. Allons, allons, conduisez ce
» drôle-là en prison. --- Madame,
» ayez pitié de moi, de ma femme »....

B 3

Elle parut au même instant, conduisant un enfant par la main, en portant un autre sur son bras, un troisième dans son sein. Comme elle allait pour embrasser les genoux de Madame d'Arleville, elle eut le malheur de toucher Pyrame, qui se mit à crier. ---- « Prenez donc garde ; vous êtes » d'une mal-adresse ! Mon pauvre » Pyrame ! (*au garde*) : Eh bien ! » faut-il vous dire deux fois la même » chose ? --- Allons », dit le garde » au paysan, « marchons en prison ». La femme suivit. Je suivais aussi, le cœur navré...... Je ne souffris pas long-tems. M. d'Arleville, qui les avait devancés, fit relâcher le paysan, défendit au garde de paraître, de plusieurs jours, devant Madame d'Arleville, pour éviter ses questions; lui prescrivit de ne jamais rendre compte qu'à lui personnellement des délits qu'il découvrirait, et donna quelqu'argent à cette pauvre famille, pour la dédommager de ce qu'elle venait d'éprouver.

En rentrant au château, je trouvai Madame d'Arleville occupée à donner l'ordre de faire cuire pour son chien, le bec-figue pour lequel elle venait d'envoyer en prison un malheureux père de famille. Pyrame mangea les deux ailes, et l'on alla se coucher un peu plus tranquille ; mais les inquiétudes se renouvellèrent pendant la nuit. On la passa presqu'entière auprès du malade, et, dès que le jour commença à poindre, on fit atteler une chaise.

L'Abbé étant incommodé, il ne put accompagner Madame d'Arleville. Je le remplaçai. Nous voilà donc, elle, la vieille femme-de-chambre, moi et Pyrame, j'aurais dû dire : elle, Pyrame, la femme-de-chambre et moi ; c'était sûrement dans cet ordre que nous plaçait la considération de Madame d'Arleville.

CHAPITRE V.

ACCIDENT. ROMANCE.

RIDICULE PROPOSITION DE LA DÉVOTE.

Nous cheminions dans le silence le plus absolu, par respect pour le sommeil auquel s'était livré l'animal chéri; mais il fut rudement interrompu par un cahot si violent, qu'une des soupentes se cassa. On juge sans peine et de l'effroi de Madame d'Arleville, et de l'aigreur avec laquelle le cocher fut traité, le tout en proportion de la tendresse qu'elle avait pour Pyrame.

Nous allâmes nous asseoir au pied d'un arbre, pendant que les gens réparaient la voiture. A peine y étions-nous, que nous vîmes au pied d'un autre arbre, un jeune homme vêtu dans le genre paysan, mais avec goût. Il était si absorbé dans ses idées, qu'il ne nous apperçut pas. Après quelques soupirs, il prit une guitare qui était à côté de lui, et chanta.

R O M A N C E.

DANS les gran - deurs, ô ma Lu-

ci - e! puisses-tu couler   -

d'heu - reux jours! mais du ha -

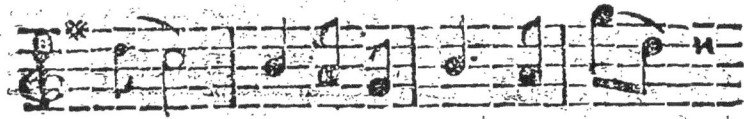

meau la douce vi - e vaut
Fin.

mieux que le fas - te des cours.

De ton er - reur dé - sa - bu - sé -

e, Lu - cie, un jour tu gé - mi -

ras ; cet-te ca - ba - ne mé-pri-

sé - e a - lors tu la re-

gret - te - ras , trop tard, hé-

las !

Da capo.

Dans les grandeurs , ô ma Lucie !
Puisses-tu couler d'heureux jours !
Mais du hameau la douce vie,
Vaut mieux que le faste des cours.

C<small>ETTE</small>

CETTE onde qui, dans la prairie
Coulait sans bruit et librement,
Par l'art, maintenant asservie,
Du plus beau parc fait l'ornement.

Dans d'étroits canaux resserrée,
N'en jaillissant qu'avec effort,
Elle est quelquefois admirée ;
Mais on maîtrise son essor ;
    Voilà ton sort.

Dans les grandeurs, ô ma Lucie !
Puisses-tu couler d'heureux jours !
Mais du hameau la douce vie
Vaut mieux que le faste des cours.

Dès qu'à sa pente elle est rendue,
Lucie, alors on voit cette eau,
Ne s'élançant plus vers la nue,
Redevenir simple ruisseau.

Quoiqu'elle ait dans son esclavage,
Produit un effet admiré,

II.   C

Elle aime mieux dans le bocage
Couler sur un lit ignoré,
      Mais à son gré.

Dans les grandeurs, ô ma Lucie !
Puisses-tu couler d'heureux jours !
Mais du hameau la douce vie
Vaut mieux que le faste des cours.

※

IL soupira de nouveau, détacha sa guitare.... alors il nous apperçut. Il vit en même tems les soins que l'on se donnait pour réparer la voiture, et vint, avec beaucoup d'empressement, nous offrir un asyle chez lui, jusqu'à ce que nous pussions repartir. Nous acceptâmes. Il nous conduisit à une petite chaumière, dans laquelle le nécessaire se trouvait à peine. Il s'empressa de mettre dans l'âtre un

fagot de sarmens ; puis essuyant les
escabelles qui lui servaient de siéges...
--- « Est-ce là toute votre cabane ,, ?
dit Madame d'Arleville du ton le plus
dédaigneux. --- '' Je vous demande
,, pardon , Madame , j'ai encore une
,, chambre. --- Voyons. Mon Pyrame
,, y sera peut-être un peu moins mal
,, qu'ici. --- Madame , c'est qu'elle
,, est occupée par deux soldats , dont
,, un s'est trouvé fort indisposé , ce
,, matin , en passant par ici. Je lui ai
,, donné mon lit. --- Peut - être qu'à
,, présent il se porte mieux , et qu'il
,, pourra céder la place. --- Je crois
,, qu'il dort. --- Il n'y a qu'à l'éveiller.
,, --- Je ne le puis , Madame ; ce
,, pauvre homme a besoin de repos.
,, --Voilà bien des égards pour des

» gens qui sûrement vous payeront
» fort mal. --- Je ne leur demande
» rien, Madame ; je ne suis point au-
» bergiste. --- Aubergiste ou non, je
» vous paierai bien, moi. --- Je suis
» bien fâché, Madame, de vous refu-
» ser, mais ce soldat est malade; cela
» répond à tout. -- Mais que savez-
» vous si lui-même ne serait pas bien
» aise de céder la place moyennant
» un pour-boire ? La Fleur, allez-y
» de ma part. Le mot n'était pas fini,
» que la Fleur était dans la chambre
» voisine, faisant la proposition de
» la part de sa maîtresse. J'entends
» bientôt une voix s'élever : --- Eh !
» ta maîtresse fut - elle la Dame de
» trente - six villages, elle se porte
» bien, et non pas mon camarade.

» La Fleur parla sans doute de Pyrame.
» La même voix s'éleva de nouveau.
» --- Comment, maraut ! c'est pour
» un animal que tu proposes de dé-
» placer un homme malade ! Crois-
» moi, débarrassés vîte le plancher, si
» tu ne veux pas que je te mesure les
» épaules avec le plat de mon sabre »

C 5

CHAPITRE VI.

RENCONTRE INATTENDUE.

LA Fleur sortit au plus vîte. En
sortant, il laissa la porte ouverte :
j'étais devant cette porte : le lit était
en face ; le jour d'une fenêtre portait
précisément sur le visage de celui qui
occupait le lit, et ce jour me fit reconnaître Bernard. Le reconnaître et
m'élancer vers lui, fut l'ouvrage d'un
seul instant. Son camarade, celui qui
avait si bien accueilli la Fleur, c'é-
tait notre cher Sans-Regret, qui,
après les premiers momens d'effusion,
voulait absolument aller au village

voisin célébrer la rencontre avec une
ou deux bouteilles. Je refusai, donnant pour excuse, qu'il me faudrait
partir dès que la voiture serait raccom-
modée. --- « Est - ce que vous êtes
» avec cette.....» ? Je lui mis la
main sur la bouche, en lui disant qu'il
pourrait me faire beaucoup de tort.

Bernard lui prescrivit de se taire,
et voulut même, à ma considération, faire une politesse à Madame
d'Arleville, en se levant tout de suite
pour céder la chambre. Sans-Regret
ne le lui permit qu'après bien des assu-
rances qu'il nétait plus malade.

C'était une colique que Bernard
avait eue. --- « C'est bien étonnant »,
dit Sans-Regret, quand nous fûmes
dans le jardin, où nous allâmes pour

laisser toute la chaumière à la disposi-
tion de Madame d'Arleville, « c'est
» bien étonnant qu'il ait eu cette co-
» lique-là ! Dans l'endroit où nous
» avons couché cette nuit , il n'y
» avait que de la mauvaise bière ,
» de la mauvaise eau : il n'a pas voulu
» se résigner , comme moi, à ne boire
» que de l'eau-de-vie. Il est vrai que je
» m'étais bien conditionné ; mais lui ,
» il souffrait comme une malédiction.
» Heureusement qu'nous avons trouvé
» cet honnête jeune homme qui nous
» a amenés chez lui , et qui a eu bien
» soin de Bernard ; car , moi, faut en
» convenir, je n'étais pas en état d'çà ;
» mais c'est égal ; j'ai fait un somme ,
» y n'y parait plus , sinon que je suis
» bien altéré ».

Je l'interrompis, pour lui demander par quel hasard je les rencontrais - là. --- « Tiens » ! dit-il, « est-ce qu'il ne » le sait pas » ? --- Bernard m'apprit que Julie avait donné à Lisbeth de quoi lui acheter son congé , pour qu'il pût l'épouser. En comparant les dates, je vis que c'était le premier usage qu'elle avait fait des bienfaits de M. de Sermeuil.

« Pour moi » , dit Sans - Regret , » je n'ai obtenu qu'un petit campos » pour accompagner Bernard. C'est » ici qu'il faut nous quitter ; mais je » n'veux pas le laisser malade , et, » avant que nous nous séparions, faut » réchauffer avec du bon vin ces mau- » dits glaçons qu'il a bus hier. Moi- » même j'ai soif comme une canicule....

On vint me chercher pour partir.
La dévote n'était pas patiente : je n'eus
que le tems de les embrasser.

———————

CHAPITRE VII.

QUI N'ÉTONNERA PERSONNE.

« Vous connaissez ces gens - là » !
me dit Madame d'Arleville, en pla-
çant à la fin de sa phrase le même
point que l'on met après le mot fi !
--- « Oui, Madame. L'un des deux
» est mon meilleur , mon plus cher
» ami ». J'ajoutai le récit des preuves
que Bernard m'avait données de l'ex-
cellence de son cœur. -- « C'est bien »,
me dit-elle , « de ne point oublier
» ces choses-là. Il faut le rembourser.
» --- Il y a long-tems , Madame, que
» la dette d'argent est payée ; mais

» celle de la reconnaissance , rien au
» monde ne pourra jamais l'acquitter.
» --- A la bonne heure ; mais vous
» voilà dans une autre sphère. Vous
» ne pouvez plus avouer de pareilles
» gens. --- Dans quelque rang que la
» fortune me place, je me ferai tou-
» jours honneur d'un ami comme Ber-
» nard. --- Songez qu'en voyant des
» gens au-dessous de soi , on peut se
» faire beaucoup de tort. --- Je ne
» peux le craindre que vis-à-vis de
» personnes dont l'opinion , dès ce
» moment-là, me deviendrait indif-
» férente ». En prononçant ces derniers mots , je serrai un peu le ton.
Un mouvement d'inquiétude que fit
Pyrame, fixa, ou du moins eut l'air de
fixer l'attention de M ᵉ. d'Arleville.

Quelques

Quelques instans après, l'ennui me faisant desirer que le tems avançât, je voulus savoir quelle heure il était. --- « Est-ce-là », me dit-elle, « cette » fameuse montre ? -- Oui, Madame »; Elle la prit, l'examina avec un sourire dédaigneux ; puis me la rendant ? --- « M. Bernard n'était pas fastueux » dans ses présens ».

J'ouvris la bouche pour répondre. J'eus la prudence de me retenir, et je fis bien. J'aurais fâché sans corriger. A quoi bon ?

Je m'empressai de remettre la montre à sa place, me reprochant comme un sacrilége de l'avoir exposée au mépris d'une profane.

II.

CHAPITRE VIII.

L'IMPROVISATRICE.

ARRIVÉ à Paris, je laissai Madame
d'Arleville déployer toute sa sensibilité pour son Pyrame , et pendant
qu'elle consultait les Médecins , je
courus chez ma bonne mère Simplet.
Comme j'allais ouvrir sa porte, je
l'entendis chanter , et distinguant ,
dès les premiers mots, qu'elle impro-
visait air et paroles, je m'arrêtai pour
écouter ; voici ce que j'entendis : La
basse n'est pas, comme on pourrait le croire, une addition subsé-
quente ; elle était formée par le ron-

flement sourd et chevroté du rouet
qui s'alliait assez bien avec la voix
tremblante et cassée de la chanteuse.

———————

Allegretto.

Mon Dieu que j'vais être heu-

reuse ! je vais   revoir mon Ber-

D 2

nard,

ce se - ra ce soir j'es-

pé--e, comme je vais l'embras-

(4**1**)

ser, le cares - ser, l'embras-

ser, le cares - ser !

il é-
ils fe-

D 3

pous'ra sa Maî‑tres‑se. Lisbette
ront l'meilleur mé‑na‑ge. Bernard

est un bon en‑fant! j'crois dé‑
est si bon gar‑çon!

jà les voir là, ra‑gal‑

(43)

lardir ma vieil -les-se me cares-

ser et m'embras - ser.

Mon Dieu que j'vais être heu-

reu-se ! je vais   re - voir mon Ber-

nard.   *Da capo al segno.* 𝄋

Nota. Cette basse étant faite pour un cla-
vecin, si l'on veut la jouer avec un instru-
ment qui ait de la tenue comme le violon-
celle, il faut ne prendre que les notes de la
basse fondamentale. On les a marquées ici,
les noires par des points, les blanches par
un signe qui leur ressemble.

--- « Oui, ma bonne mère, oui,
» vous allez être heureuse. Ce soir,
» sans faute, vous le verrez, ce cher
» Bernard. --- O ciel ! c'est vous,
» mon cher enfant ! que je vous em-
» brasse donc. Par quel hasard?....
» Mais comment savez-vous que Ber-
» nard ?.... --- Je l'ai rencontré sur
» la route. --- Cette pauvre Lisbeth !
» comme elle va être contente ! Et
» sa maîtresse donc ! C'est elle qui a
» acheté le congé de Bernard, et c'est
» bien autant pour me rendre mon
» cher fils, que pour donner à Lis-
» beth le mari qu'elle aime. Allons
» vîte leur faire part..... Laissez-
» moi donc passer ; je veux être la
» première à leur annoncer cette
» bonne nouvelle. Et la voilà arri-

vant de toute la vîtesse de ses jambes
chez Julie , qui, avertie par le bruit
précipité de sa béquille. . . . . . Mais
elle n'a pas le tems de lui demander ce qui lui fait tant hâter sa marche.... ---- « Il l'a vu. Il vient.... Il
» n'a plus que six lieues...... Ce soir,
» sans faute , nous le verrons ». On se
doutait bien que c'était de Bernard
qu'il s'agissait ; mais ses idées étaient
si bouleversées par l'excès de la joie ,
qu'on aurait pu être long-tems sans en
être sûr, si je n'avais été son interprête.

Il n'est pas besoin de dire quelle
fut la joie de Lisbeth. On se promit
bien d'aller à la rencontre de Bernard.
Je m'en faisais une fête ; mais Madame
d'Arleville ne me permit point d'être
de cette agréable partie.

A force d'argent , elle avait engagé un Médecin à venir soigner Pyrame à la campagne, où cette pauvre bête serait plus tranquille , respirerait un air plus pur , etc. etc. Il fallut donc repartir tout de suite.

Je le rencontrai bien , ce cher Bernard ; mais la voiture dans laquelle je me trouvais n'était pas à mes ordres. Je ne pouvais seulement pas demander qu'elle allât moins vîte , et je n'eus que le tems de faire signe à Bernard par la portière. Mon meilleur ami retournait auprès d'une mère respectable , devenue aussi la mienne par ses bienfaits ? il allait unir sa destinée à celle de son amante : ma présence aurait mis , j'en suis sûr , le comble à son bonheur , et je m'éloignais ! Cruelle nécessité d'engager sa liberté pour assurer son existence , à combien de sacrifices tu nous forces !

CHAPITRE

CHAPITRE IX.

RETRAITE.

A QUELQUE tems de là, Madame d'Arleville retourna bien encore à Paris ; mais, cette fois, l'Abbé n'était pas malade. D'ailleurs l'objet de ce voyage était exclusivement de son ressort.

A deux ou trois époques de l'année, Madame d'Arleville faisant divorce avec le monde, allait s'enfermer, pendant plusieurs semaines, dans une Communauté. Là, un régime doux, une vie tranquille, de longues nuits, un dégagement absolu de toutes les choses de la terre, calmaient l'âcreté

II.   E

que son sang avait pu contracter dans la société des profanes mondains, et rétablissaient dans toute sa fraîcheur ce teint calme et reposé qui prolonge la jeunesse des dévotes. Uniquement occupée du ciel, la terre entière se serait bouleversée, pourvu que le lieu de sa retraite eût été excepté de ce bouleversement général, la tranquillité de la béate n'en aurait pas été troublée. Pour ôter jusqu'à la possibilité de venir la distraire, elle changeait chaque fois de Communauté, et l'on ignorait toujours celle qu'elle avait choisie. Exceptons-en cependant l'Abbé; mais il était si discret, si fidèle au plan de solitude absolue, qu'il n'y eut seulement pas moyen d'informer sa recluse que son mari était malade, et même très-dangereusement.

CHAPITRE X.

QUI FERA FORMER DE NOUVELLES CONJECTURES.

LE jour même du départ de la dévote pour sa retraite, une tante avait emmené le jeune d'Arleville et sa sœur, pour passer quelque tems dans son château. M. d'Arleville avait pris le parti de choisir ce même tems pour faire avec moi une tournée que ses affaires exigeaient. Nous partîmes à cheval, sans aucune suite. En passant devant une petite maison de campagne isolée, le cheval de M. d'Arleville fut effrayé par un chien qui sortit à l'improviste. M. d'Arleville

E 2

fut désarçonné , et blessé à la tête.
Le jardinier de la maison accourut.
Ce ne fut qu'avec bien de la peine ,
et à l'aide d'une civière , que nous
parvînmes à l'y transporter. Les maî-
tres étaient absens. Ce pauvre homme,
désolé du malheur dont son chien
était la cause , donna au blessé la
meilleur chambre de la maison. Un
chirurgien , que j'envoyai chercher
dans une ville voisine , déclara qu'il
n'y avait aucun danger ; mais qu'il
pourrait y en avoir , si l'on risquait
le moindre déplacement. Il fallut donc
rester dans cette maison étrangère ,
où , le jardinier excepté , j'étais seul
pour soigner M. d'Arleville. Je ne
le fus pas long-tems.

J'avais mandé à la mère Simplet,

l'accident arrivé à M. d'Arleville. Un jour qu'il sommeillait, j'étais, depuis un instant, sur un perron à côté de sa chambre ; j'apperçois venir une femme couverte de sueur et de poussière, la tête nue, ses cheveux développés au gré du vent, précipitant sa marche, ne suivant aucun sentier, tendant vers la maison par la ligne la plus droite ; sans plus s'inquiéter des récoltes qu'elle traversait, que des ronces qui la déchiraient. Bientôt elle arrive toute haletante ; elle est près de moi..... Nous nous reconnaissons..... C'était Justine..... Elle tombe exténuée de fatigue. Un long-tems s'écoule sans qu'elle puisse proférer une seule parole. Enfin elle me demande des nouvelles de M.

d'Arleville , me prie de la cacher quelque part. . . . . Mais lorsqu'elle m'entend dire que la chambre est si peu éclairée , à cause de la faiblesse du malade , qu'à peine peut - on y distinguer les objets , elle se précipite à mes genoux , sans que je puisse l'en empêcher , pour me conjurer de l'y introduire. Elle ne se releva que quand j'y eus consenti.

Elle entra aussi tremblante que la feuille , s'approcha sur la pointe du pied , puis allant se placer auprès du lit , elle entr'ouvrit le rideau , et ses yeux ne quittèrent plus M. d'Arleville. Le moment de prendre une boisson étant venu , je la préparai. Justine , joignant les mains , me conjura par signes de permettre que ce fût elle....

Je lui donnai le verre que je tenais.
Elle le prit avec transport , se glissa
le long du lit , en se faisant suivre
du rideau , de manière à en être ca-
chée. . . . . Elle était si agitée , qu'à
peine restait-il la moitié de la boisson
dans le verre , quand elle le présenta
au malade.

Lorsque le jardinier vint , j'annonçai Justine comme une garde que
j'avais fait venir de Paris.

Elle me seconda , en modérant
devant lui la tendresse de ses soins !
mais combien elle s'en dédommageait
lorsqu'il n'y avait qu'elle et moi !
sur-tout lorsque M. d'Arleville venait
à s'endormir ! Un jour entr'autres
qu'il sommeillait, ayant une main
hors du lit , après l'avoir considéré

long-tems pour s'assurer qu'il était endormi, elle se baissa sur sa main, la baisa ; puis me sautant au cou : « Ah mon ami » ! me dit-elle en me serrant de toute sa force, « quel » bonheur je vous dois » !

Cependant le jeune d'Arleville et sa sœur, à qui j'avais écrit, étaient sur le point d'arriver. La dévote, dont la retraite allait finir, ne devait pas tarder non plus. Il fallait que Justine s'éloignât. Le malade était hors de tout danger ; d'ailleurs, je lui promis de lui en donner tous les jours des nouvelles. . . . . . . En s'en allant, elle emporta dans un sachet qu'elle plaça sur son cœur, les cheveux qu'il avait fallu couper à M. d'Arleville, pour faciliter le pansement.

Bientôt tout le monde arriva. Bientôt le malade fut en état d'être transporté à son château. On lui conseilla, pour recouvrer entièrement la santé, d'aller prendre les eaux d'Aix-la-Chapelle.

CHAPITRE XI.

PROGRÈS D'AMOUR.

QUELQUES affaires me fournissaient
un prétexte pour ne pas être du
voyage. Je les fis valoir avec toute
l'adresse d'un amant qui craint de
s'éloigner. . . . . . Jamais, non, jamais
je n'aurais eu le courage de quitter
Adèle. L'absence qu'elle venait de
faire m'avait appris combien son existence était nécessaire à mon bonheur.
A son départ, son frère et moi nous
nous étions embrassés : la tante, qui
les emmenait, et qui était de ces
femmes du bon vieux tems, en avait

fait de même. Adèle était là ; j'avais
osé faire un mouvement vers elle......
La bonne tante n'avait rien trouvé
de si simple au moment d'un départ ;
le père ne s'y était pas opposé ; mais
Adèle avait paru craindre que je ne
profitasse de l'occasion. J'avais deviné
cette crainte , respecté sa rigueur ,
et trouvé dans son embarras un dé-
dommagement auquel j'attachais le
plus grand prix. A son retour , dans
l'ivresse de sa reconnaissance pour
tous les soins que j'avais eus de son
père , elle avait fait vers moi un
mouvement que la pudeur avait arrêté
aussi-tôt ; mais j'avais apperçu l'intention , et mon cœur s'était livré
plus que jamais à toutes les illusions
de l'amour. En vain la raison venait-

elle m'offrir son miroir. -- « En quoi
» suis - je coupable » ? me disais - je.
» Seul je souffrirai de cette passion.
» Jamais Adèle ne saura....... »
Insensé que j'étais ! mes yeux lui disaient à chaque instant ce que ma bouche n'aurait jamais osé prononcer. Les
siens.... j'osais croire..... Amour !
Amour ! comme tu te joues des fai-
bles mortels ?

Le jeune d'Arleville fut plus cou-
rageux que moi. Il est vrai que la
possession , la certitude d'être aimé,
et d'un autre côté la tendresse filiale...
Enfin il eut la force de quitter Julie
pour accompagner son père.

CHAPITRE

CHAPITRE XII.

JUSTIN ou FÉLIX.

DEPUIS que ce voyage était arrêté, on cherchait un domestique, aucun de ceux de la maison ne convenant à M. d'Arleville. J'avais écrit à la bonne mère Simplet, pour qu'aidée de Lisbeth, elle tâchât d'en procurer un, tel qu'on le désirait. On n'exigeait de lui que d'être capable de ces soins particuliers dont un malade a besoin. De son côté, M. d'Arleville promettait des égards, sur-tout de ne le faire voyager que dans sa voiture, etc. Quelques jours après ma lettre, je

II.   F

suis demandé de la part d'un inconnu.
Je vais....... je trouve Justine en
habits d'homme, cheveux et sourcils teints, coiffure serrée, grosse
cravatte, en un mot si bien déguisée,
que d'abord je ne la reconnus pas.
--- « O vous » ! me dit-elle, « à qui
» je dois déja tant, mettez le comble
» à ce que vous avez fait. Il faut que
» vous me présentiez à M. d'Arleville ;
» que vous me fassiez agréer pour le
» suivre dans son voyage ».

Je voulus lui faire des représen-
tations : ses instances, ses larmes
me laissèrent sans moyens ; il fallut
faire ce qu'elle désirait. Je l'annonçai
comme un homme assez bien né, qui
avait éprouvé beaucoup de malheurs,
et qui relevait d'une longue maladie.

Enfin je dis tout ce qui pouvait prévenir en sa faveur, et donner quelque raison de l'air embarrassé qu'on pourrait
lui trouver. Tout réussit au mieux.
Lorsque je la conduisis pour la présenter, arrivée à la porte de la
chambre, elle fut obligée de s'asseoir,
tremblante, prête à s'évanouir. Ce
fut l'affaire d'une minute. Elle se leva
tout-à-coup. --- « Entrons vîte »,
me dit-elle, « j'ai réuni toutes mes
» forces ». Elle entra en effet d'un
air aussi décidé qu'on peut l'avoir
avec une physionomie douce, et
répondit fort bien à toutes les questions. Lorsque M. d'Arleville lui demanda son nom : --- « JUSTIN »,
répondit-elle. M. d'Arleville était
occupé à nouer le ruban de son

bonnet de nuit. Il s'arrête. Ses doigts lâchent le ruban, qui tombe sur ses épaules. Ses deux mains restent un moment élevées, comme si elles l'eussent encore tenu.... --- « JUSTIN »? répéta-t-il d'une voix altérée, et en faisant un mouvement sur lui-même. Puis, après un silence : « J'aimerais » mieux », ajouta-t-il, en ramassant son ruban, et continuant de le nouer, mais machinalement, « oui, j'aime- » rais mieux que vous prissiez un » autre nom. --- Si celui-là déplaît... » à Monsieur..... --- Oh ! point du » tout », reprit-il très-vivement, » non point du tout. Au contraire ; » mais j'aime mieux que vous en » preniez un autre. --- Eh bien ! » Monsieur, appellez-moi FÉLIX. J'ai

» entendu dire que ce nom signifiait
» heureux ; et je le serai , si vous
» avez la bonté de me prendre à votre
» service. --- Je me féliciterai aussi
» de vous avoir , si vous répondez à
» l'idée avantageuse que vous me
» donnez de vous. . . . Vous m'ins-
» pirez un véritable intérêt ». Le cœur
de Justine commençait à se serrer.
Je voyais ses yeux prêts à se mouiller.
Je me hâtai d'observer qu'étant venu
à pied , *cet homme* avait besoin de
repos ; et je l'emmenai.

Deux jours après , Justine partit
avec M. d'Arleville et son fils , qui
tous deux ne cessèrent de m'écrire
qu'ils étaient enchantés de leur nouveau domestique. Ils n'avaient seulement pas le tems de prononcer un

ordre. Félix lisait dans leurs yeux, et leurs moindres desirs étaient prévenus. Au plus petit dérangement de santé, c'étaient des soins si délicats! si tendres! Aussi ne tardèrent-ils pas à s'attacher véritablement à lui. Ils ne l'appelaient que leur cher Félix; et autant que les convenances le permettaient, ils traitaient Félix plus en ami qu'en domestique.

CHAPITRE XIII.
LES ENFANS NATURELS.

———

LA première lettre que Julie écrivit au jeune d'Arleville, fut pour lui faire part des espérances de maternité qu'elle commençait à concevoir. Elle les avait eues avant son départ ; mais par délicatesse elle lui en fit alors un mystère. On sait pourtant combien elle est vive et triomphante, la joie qu'éprouve une jeune femme qui, pour la première fois, espère devenir mère. On sait à quel degré d'ivresse cette joie est portée, lorsque celui à qui elle la doit est aussi tendrement, aussi passionnément aimé que l'était d'Arleville. Que l'on juge donc

de ce qu'il avait dû en coûter à Julie
pour ne pas l'instruire ; mais elle
l'aimait trop véritablement pour vouloir qu'il lui sacrifiât ses devoirs. Qui
sait s'il aurait pu se résoudre à partir ?
Qui sait même tout ce qu'il lui en
coûta d'efforts pour rester éloigné
d'elle, quand il eut connu les nouveaux droits qu'elle avait à sa tendresse ? Il ne fallait rien moins qu'un
père malade dans un pays étranger....
Il se consola par la persuasion que
Julie céderait enfin aux instances qu'il
n'avait jamais cessé de lui faire, pour
s'unir à elle par un mariage secret.
Elle ne pouvait plus, disait-il, refuser
le titre de son époux au père de son
enfant, qui, sans cela, se verrait
condamné par la loi à n'avoir jamais
ni nom, ni famille.

--- « Eh bien » ! lui répondit-elle,
» il n'en sera que plus obligé d'avoir
» des talens et des vertus ; et il ne
» manquera pas d'en acquérir, parce
» qu'il en sentira de bonne heure la
» nécessité. Exposé aux reproches des
» sots et des méchans , son aménité
» sollicitera la bienveillance , son mé-
» rite l'obtiendra ; sa fierté , si c'est
» un homme , préviendra l'insulte ;
» son courage la punirait, si on osait
» se la permettre ; mais qui pourrait
» avoir cette cruauté vis-à-vis d'un
» être qui racheterait, par des qualités
» personnelles, le tort d'une naissance
» qui n'a pas dépendu de lui ?

» *Il n'y a d'heureux que ces enfans*
» *là* , disent les sots. Un homme d'es-
» prit dirait : --- *Il n'y a qu'eux qui*
» *fassent tout ce qu'il faut pour domi-*

» *ner le sort.* En effet, les autres se
» reposant sur leur état, ne sentent
» que dans l'occasion le besoin de
» lutter contre la mauvaise fortune ;
» et l'on sort toujours mal d'une pa-
» reille lutte ; lorque l'on ne s'y est
» pas préparé dès long-tems. Reçus
» naturellement dans la société, ils
» sont dispensés d'acheter le droit d'y
» entrer. Accueillis par une suite de
» considérations étrangères , ils ne
» sont pas réduits à la tâche difficile
» de forcer la considération par les
» moyens personnels. Enfin , la nais-
» sance , les alliances , les places,
» les richesses, forment à leur avan-
» tage une masse, que l'enfant naturel
» ne peut balancer que par son mérite.
» Dès son enfance, il sent la nécessité
» de valoir par lui-même ; il s'y exerce

» de bonne heure ; et l'on est étonné
» qu'il soit heureux ! Je dis heureux,
» pour me servir de l'expression vul-
» gaire. Son prétendu bonheur, je
» l'ai déja dit, n'est que l'art de maî-
» triser la fortune.

» Mais, pour parler d'un avantage
» plus prochain, n'as-tu donc pas re-
» marqué combien les enfans naturels
» sont plus chéris de leurs parens que
» les autres ? *C'est que ce sont les en-*
» *fans de l'amour*, disent encore les
» sots. A ce prix, il en serait de
» même de tous les premiers nés des
» mariages d'inclination. Cependant
» l'expérience prouve que souvent les
» autres sont encore plus tendrement
» aimés. Et comment cela ne serait-il
» pas ? Le plus grand besoin qu'ils

» ont d'appui sollicite si fortement
» pour eux ! L'incertitude de leur sort
» les rend si intéressans ! Le tort que
» l'on a à leur égard leur donne des
» droits si sacrés ! . . . . La nature a
» placé la tendresse dans le cœur de
» tous les pères, de toutes les mères ;
» mais combien elle acquiert d'acti-
» vité, de chaleur, lorsqu'elle a pour
» objet un être d'autant plus atta-
» chant, qu'il est plus à la merci des
» évènemens !

    » Et la mère d'un enfant si tendre-
» ment aimé, combien elle doit l'être
» elle-même ! Non, mon ami, non,
» ne me parle plus de mariage. En
» restant comme nous sommes, je
» ne puis qu'être aimée d'avantage.
» Une fois liés par des liens indis-
solubles,

» solubles, qui sait ? . . . J'en ai vu
» tant d'exemples ! Enfin, mon cher
» ami, je ne perds pas de vue le tort
» de ma première existence. Je t'aime
» trop pour vouloir t'exposer aux re-
» proches de ta raison, au juste cour-
» roux de ta famille. Actuellement je
» te possède sans trouble, sans alar-
» mes. Devenue ton épouse, tes pa-
» rens voudront t'enlever à ma ten-
» dresse. S'ils n'y réussissent pas, ils
» y travailleront au moins, et dès-
» lors notre bonheur sera troublé.
» Pourrai-je même ne pas toujours
» craindre que le tems affaiblissant
» ton amour. . . . . Pardonne, mon
» ami, pardonne, mais nous sommes
» heureux ; ne cherche pas à l'être
» davantage. Dans tous les genres,

II.   G

» l'insatiabilité est toujours punie;
» et sois sûr que tu ne pourrais trou-
» ver dans ta femme, ni pour toi
» une amante plus passionnée, ni
» pour notre enfant une mère plus
» tendre que ta

JULIE.

Elle avait mis au commencement de sa lettre, comme pour épigraphe, ces vers connus de la lettre d'Héloïse à Abeilard.

UNISSONS nos plaisirs sans unir nos fortunes.
Crois-moi, l'hymen est fait pour des ames
communes,
Pour des amans livrés à l'infidélité.
Je trouve dans l'amour mes biens, ma liberté.
Le véritable amour ne craint pas le parjure.
Aimons-nous; il suffit; et suivons la nature.

Et voilà le danger !.....

CHAPITRE XIV.

VOILA COMME ON AIME!

MADAME d'Arleville voulut retourner à Paris. Nous partîmes dans une voiture dont l'Abbé Fallacio occupait le fond avec elle. J'étais devant lui ; Adèle était en face de sa belle-mère. L'indigne Tartuffe profitait de l'avantage que lui donnait cet arrangement, pour fixer souvent Adèle , sans que Madame d'Arleville pût s'en appercevoir ; mais moi, qui ne le quittais pas un instant de vue , je ne puis dire ce que je souffrais, J'allais , je crois , me trahir, lorsqu'Adèle , me

jetant un regard consolant , saisit
le prétexte d'un peu de froid pour
se couvrir d'une calèche qu'elle fit
descendre fort bas ; puis, avec l'air
d'être accablée de sommeil , elle se
plaça sur le côté de la voiture , de
manière que je pouvais seul voir un
peu son visage , et que son genou
rapproché du mien. . . . . . Malheur
à ceux qui ne jugeront pas ce que
j'éprouvai ! ils ne connaissent pas la
magie de l'amour.

En arrivant , l'Abbé et moi nous
présentâmes la main aux Dames pour
descendre de voiture. Madame d'Arleville s'appuya également sur nous
deux. Je tremblais qu'Adèle n'en fît
autant. Au moment où elle avance la
main qu'elle doit donner à l'Abbé,

elle me regarde, apperçoit sans doute
dans mes yeux ce qui se passe dans
mon ame, retire aussi-tôt la main,
comme si elle en eût eu besoin pour
tenir son mantelet, et de l'autre,
s'appuyant fortement sur moi......
La mienne était sous son bras.....
Un serrement doux, alternatif et
précipité..... Qu'aurions-nous dit
de plus en parlant ? Mais nous étions
en toute sécurité, parce que nous ne
parlions pas ; et nous nous livrions
ainsi de bonne-foi à toute l'ivresse
de l'amour.

Pour moi, je ne pouvais plus vivre
un seul instant sans Adèle. Même,
lorsque retirée dans son appartement,
il ne m'était plus possible de la voir,
je me dédommageais en cherchant au

G 3

moins à l'entendre. A côté de sa chambre, était un corridor obscur, dans lequel elle avait une porte de dé- gagement, mais qui était condamnée. Tout le tems qu'Adèle était chez elle, c'était dans cet endroit que je le passais. Là, l'oreille appuyée contre la porte, le moindre bruit que je pouvais entendre était une jouissance. Marchait-elle ? ma respiration se mettait d'accord avec ses pas. Parlait- elle à son oiseau ? chaque mot caress- sant qu'elle lui adressait était recueilli par mon cœur. Jusqu'au bruit du froissement de sa robe, quand elle en avait une de soie, me faisait fris- sonner de plaisir. Mais dans quelle ivresse j'étais, lorsque, prenant sa harpe ! . . . . . C'était toujours des ro-

mances qu'elle chantait. Quelquefois,
après les couplets qui avaient quelque
rapport à notre situation, elle s'arrê-
tait, j'entendais quelques soupirs.....
Alors, me jetant à genoux, les bras
étendus vers cette porte qui nous sépa-
rait, je l'injuriais de ce qu'elle me
faisait obstacle ; je la remerciais des
jouissances que je lui devais......
Au milieu de mes imprécations et
de mes actions de graces, je sentais
mon ame s'échapper. Tout entier aux
illusions d'une imagination brûlante,
j'étais aux genoux d'Adèle, je recueil-
lais ses soupirs, je respirais son ha-
leine, je sentais jusqu'au contact de
l'atmosphère qui l'environnait......
Amour ! Amour ! qui pourrait supporter la vie, après des jouissance

aussi délicieuses , si les intervalles
qui les séparent n'étaient pas encore
remplis par le souvenir ou par l'espérance ?

CHAPITRE XV.

ATTENTAT.

SI ma passion devenait tous les jours plus violente, il en était de même de celle de mon indigne rival. Chaque fois que son regard pouvait, à l'insu de Madame d'Arleville, s'arrêter sur Adèle, il avait en même tems je ne sais quoi de sombre et de lascif ; son œil roulait rapidement dans son orbite ; ses sourcils se rapprochaient ; à la contraction de ses joues, on devinait le grincement de ses dents ; sa respiration sortait avec bruit de ses narines ; ses poings se fermaient ; les muscles de ses jambes se prononçaient avec force : en un mot, on croyait voir à la fois un satyre tourmenté de tous les feux, et un monstre roulant quelque projet sinistre. Cette dernière idée me frappa. L'événement ne prouva que trop combien mon pressentiment était fondé.

Un jour que des courses indispensables m'avaient tenu dehors assez long-tems, j'apprends à mon retour, que Madame d'Arleville est sortie avec sa femme-de-chambre ; que tous les domestiques sont à faire différentes commissions dont l'Abbé les a chargés ; enfin, qu'excepté la vieille portière qui me disait tout cela, il n'y avait dans la maison qu'Adèle et lui!.... *Qu'Adèle et lui!* répétai-je tout bas avec un sentiment d'effroi ;

et déja je suis dans le corridor obscur.
Le premier bruit qui me frappe est
celui d'un meuble qui tombe. Je prête
l'oreille. J'ai bientôt distingué celui
de deux personnes qui se débattent
sans parler. Aussi-tôt m'élançant contre la porte, et l'enfonçant d'un seul
coup...... Dieu ! quel spectacle
s'offre à ma vue ! Adèle presqu'étouffée
par un mouchoir lié sur sa bouche,
les deux mains retenues par un cordon, les cheveux épars, les vêtemens
en désordre ; l'Abbé, armé d'un poignard, ne lui laissant que le choix
du déshonneur ou de la mort.....
Il la quitte, se jette sur moi ; son
arme rencontre une côte, se brise....
Au même instant il est terrassé ; et,
pendant que d'une main je le retiens,

rugissant sous mon genou qui le
presse, de l'autre saisissant le reste
du poignard qui lui est échappé, j'allais délivrer la terre de ce monstre,
lorsqu'Adèle arrêta mon bras. Les siens
étaient encore embarrassés par le cordon, le mouchoir était encore sur sa
bouche. Pour la délivrer de l'un et
de l'autre, je quittai l'Abbé, qui,
saisissant ce moment, et se proster-
nant à nos genoux, employa pour
nous fléchir tout ce que la frayeur
et la bassesse peuvent dicter de plus
touchant. On ne se venge plus quand
le danger est passé. Il semblait se
repentir de bonne-foi. Nous lui fîmes
grace, sous la condition qu'il quit-
terait incessamment la maison ; que
jusques-là il s'abstiendrait même de
regarder

regarder Adèle. Il fit toutes les pro-
messes, tous les sermens que nous
exigeâmes de lui, même tous les
aveux que je desirai. Il confessa que,
depuis long-tems, il méditait le projet dont il venait de tenter l'exécution. Ayant jugé, dès le matin, qu'il
pourrait l'effectuer le même jour, il
avait, au moment du café, jeté
adroitement une poudre soporifique
dans la tasse d'Adèle, qui effectivement n'avait eu que le tems de se
retirer dans sa chambre, pour se
livrer au sommeil. Alors il s'y était
introduit à l'aide d'une double clef.
Il lui avait attaché les mains avec un
cordon garni de nœuds, disposés de
manière à ne pouvoir être sentis,
que lorsqu'ils serreraient par ses

II. **H**

efforts pour lui résister : il lui avait ensuite mis sur la bouche un mouchoir qu'il achevoit de nouer lorsqu'elle était sortie de son sommeil léthargique ; et , quoiqu'elle eût pu faire pour se défendre , tant de précautions assuraient sa défaite , que, sans moi , elle aurait infailliblement succombé.

Je frémissais en écoutant toutes ces affreuses combinaisons du crime : mais que n'aurais-je pas pardonné en faveur du tendre intérêt que me témoignait Adèle ! sur - tout lorsque le sang qui sortait de ma blessure commençant à percer mes habits....
« Grand dieu ! vous êtes blessé » ! s'écria-t-elle avec le plus grand effroi.
« Monsieur, (en s'adresssant à l'Abbé)

» je vous en conjure , courez chercher
» le chirurgien le plus habile. Votre
» zèle en cette occasion , peut seul
» expier votre attentat. Songez que sa
» vie.. ... ». Elle se retint ; mais , se
tournant vers moi , son regard acheva
la phrase. Le mien dut lui exprimer
combien l'existence me devenait pré-
cieuse , puisqu'elle daignait s'y inté-
resser.

Cependant je parvins à la rassurer
sur ma blessure , qui effectivement
était peu de chose. Une eau vulné-
raire qu'elle me donna , eut bientôt
arrêté le sang. Le chirurgien n'eut
presque rien à faire , et , dans peu de
jours , je fus entièrement guéri. Je
n'interrompis même pas mes séances
dans le corridor obscur. Non-seule-

ment j'y restais tout le tems de la
journée qu'Adèle était dans sa chambre, mais j'y passais encore la plus
grande partie des nuits. Les sermens
de l'Abbé ne m'avaient pas convaincu.
En vain j'aurais voulu y croire. Un
je ne sais quoi repoussait la confiance.
Il me semblait que son regard était
plus faux que jamais. Je ne pouvais
me défendre de l'idée qu'il méditait
quelque nouveau crime ; et j'aurais
cru Adèle perdue, si j'avais cessé un
seul moment de veiller sur elle.

CHAPITRE XVI.

LA LETTRE DE CACHET.

IL était six heures du matin. Je venais de recevoir une lettre de Bernard. Elle m'avait été apportée par un commissionnaire encore assez jeune, mais fort intelligent. Je me disposais à faire réponse, lorsque je vis entrer dans ma chambre trois hommes, dont un me dit qu'il était Exempt de police, et porteur d'un ordre du Roi pour m'arrêter. Mon premier mouvement fut de sauter sur mon épée ; les deux acolythes s'en étaient emparés, et l'Exempt m'observa d'un ton assez

H 3

honnête, que la résistance ne produi-
rait qu'un esclandre non-seulement
inutile, mais qui certainement aggra-
verait mon sort, au lieu que la sou-
mission décidait souvent à l'indul-
gence. Je voulus savoir au moins de
quoi j'étais accusé, n'ayant jamais
rien dit ni rien fait que j'eusse à me
reprocher. --- « Mon emploi », me
dit l'Exempt, « est de vous arrêter.
» Il ne s'étend pas au-delà. Je crois
» sans peine que vous n'êtes pas réel-
» lement coupable. Votre air prévient
» en votre faveur, et je vous avoue
» que vous m'inspirez beaucoup d'in-
» térêt ; mais je dois obéir. Vous le
» devez aussi. Tout ce que je peux
» vous promettre, ce sera de parler
» en votre faveur au Gouverneur du

» château d'If, pour qu'il adoucisse
» votre prison autant qu'il sera pos-
» sible. Il me veut du bien , et je
» crois pouvoir vous assurer qu'à ma
» recommandation, il sera votre avo-
» cat auprès du Ministre. Mais , voici
» bien du tems perdu. Je commence à
» être répréhensible. Allons , Mon-
» sieur, partons tout de suite ».

J'étais dans une espèce de stupeur.
Toutes mes idées étaient tellement
bouleversées , que je n'en avais réel-
lement aucune. On profita de ce
moment pour m'entraîner dans une
voiture , qui attendait au coin de la
rue. Ce ne fut que lorsqu'elle commença à rouler, que je sortis de mon
anéantissement , et que je sentis toute
l'horreur de ma situation. Conduit dans

une prison, sans savoir ni pourquoi;
ni combien peut durer ma captivité;
arraché à mes amis, à ma bonne
mère, à l'adorable, à la bien aimée
Adèle !... Deux torrens de larmes vin-
rent inonder mes joues. -- « O Adèle !
» ô toi, dont je ne pouvais m'éloigner
» un seul instant ! combien va-t-il
» s'écouler de siècles avant que je
» puisse encore jouir de ta présence?...
» Hélas ! qui sait si jamais ?......
» Grand Dieu ! si c'est pour jamais
» que je la quitte, reprends, reprends
» à l'instant même l'existence que tu
» m'as donnée ; mais que ta bonté
» veille sur Adèle ! Séparée de son
» père, de son frère, elle n'avait que
» moi pour la défendre contre ce
» monstre. Elle n'avait que moi, et

» l'on m'arrache d'auprès d'elle ! Com-
» ment pourra-t-elle échapper à pré-
» sent aux attentats de cet homme
» exécrable ? Grand Dieu ! n'auras-tu
» créé un être aussi parfait, que pour
» l'immoler au crime » ?

L'Exempt voulait m'adresser quelques paroles de consolation ; mais,
tout entier à ma douleur, je n'entendais rien. Il prit le parti du silence.
Il y avait déjà quelques heures que
nous cheminions ainsi , lorsqu'une
secousse violente et les cris de l'Exempt
et de ses deux acolythes m'arrachèrent
à l'espèce de léthargie dans laquelle
j'étais plongé. C'était l'essieu de la
voiture qui venait de se casser. Nous
étions alors près d'un petit cabaret de
campagne entièrement isolé. Il fallut

y entrer pour attendre que le postillon eût amené du monde du village le plus prochain ; et il y avait au moins une demi-lieue. Le cabaret n'avait qu'une chambre ; nous n'eûmes pas à choisir.

———

CHAPITRE XVII.

LES DEUX MOYENS.

Nous étions là depuis quelques minutes, lorsque nous vîmes venir vers le même cabaret un soldat, la pipe à la bouche, la marche entre deux vins, une grande corne de son chapeau en avant, son sabre sous un bras, et donnant l'autre à une fille qu'il entraînait dans ses zigzags. Tous les deux criaient une chanson de garnison. Ils arrivent, ils entrent. Le soldat m'apperçoit, s'arrête tout-à-coup comme s'il eût vu la tête de Méduse, ôte sa pipe, se débarrasse de la fille , perd un peu l'équilibre en arrière , le recherche en avant, et vient tomber dans mes bras en s'écriant : --- « Mille chapelets de bombes ! c'est » lui ! c'est mon cher ami ! Hola ! eh » l'hôtesse ? vîte du vin et de votre » meilleur. C'est moi qui paye. Sarpe- » bleu ! ça s'rencontre bien. J'ai reçu » hier mon prêt; je suis encore calé. » Mais contez-moi donc par quel dia- » ble d'hasard j'vous rencontre ici ».

Pendant que je cherchais quelle ré- ponse je devais faire à Sans - Regret, (on se doute bien que c'était lui : son régiment était en garnison dans la ville près de laquelle nous nous trou- vions), l'Exempt prit la parole, pour répondre un : « Que vous importe » ? prononcé de ce ton imposant que

prennent

prennent les agens subalternes. ---
« Comment, que m'importe ? Est-ce
» que vous ne venez pas d'entendre
» qu'il est mon ami » ? --- Mon conducteur reprit la parole, et du même
ton répéta à-peu-près la même chose.
--- « Oh çà, l'ami, dit Sans-Regret,
» voilà deux fois que tu me répètes la
» même impertinence. Prends garde
» à la troisième ». En disant cela, il
avait posé sa pipe sur la table, re-
placé son chapeau par un geste très-
rapide, et sa main se portait déjà
sur la poignée de son sabre. --- «Per-
» mettez », dis-je à l'Exempt, « que
» je lui réponde. --- Il faut bien qu'il
» le permette », dit Sans - Regret.
» Je saurais sarpebleu bien l'y forcer,
» s'il ne le voulait pas. Voyons, il y a

II.   I

» quelque mine sous le bastion ; il faut
» que je sache ce que c'est. Allons,
» conte-moi tout cela , et point de
» ménagement ».

Je pris le parti de lui tout dire ,
espérant que la nécessité de plier sous
un ordre supérieur , retiendrait son
zèle. Je le connaissais mal : je le vis ,
sur la fin de mon récit , serrer les
poings , grincer des dents , fixer mon
conducteur d'un œil étincelant ; et ,
comme j'allais entreprendre de le cal-
mer : --- « Comment » ! dit-il en se
» levant brusquement, « tu crois que
» je te laisserai emmener comme un
» criminel , tandis que tu n'as pas
» de reproche à te faire. --- Pas le
» moindre » , répondis-je , « mais il
» ne faut pas moins me soumettre......

» --- Au diable si je le souffre » !
reprit-il. « C'est quelque coquin qui
» aura trompé notre Roi, qui lui aura
» surpris cet ordre-là ; mais c'est égal :
» que mille verres d'eau m'étranglent
» si je souffre qu'il soit exécuté !
» Ecoute, Monsieur, toi qui es chargé
» de tout cela, faut que tu le laisses
» sauver, et pas plus tard que tout
» de suite.... Eh bien ! on dirait que
» tu marchandes ? Tiens, crois-moi,
» fais les choses de bonne grace, ou
» si non. .. , .. ». L'Alguazil voulut
riposter. Sans-Regret ne lui en donna
pas le tems. Il tira son sabre : l'Exempt
et ses deux acolythes mirent l'épée à
la main, et tous trois tombèrent à la
fois sur lui. Désespéré de n'avoir point
d'armes pour seconder Sans-Regret,

je m'élançai au milieu des combattans, tremblant qu'il ne succombât sous le nombre. — « Laisse-moi faire », me dit-il, en me repoussant si rudement qu'il me renvoya tomber sur ma chaise, « j'aurai bientôt expédié ces » marauds-là ». En même tems il rompait, pour se donner le tems de gagner une muraille qui le préservât d'être entouré. Puis, le voilà faisant le moulinet avec son sabre, frappant d'estoc et de taille, en faisant des estafilades à chaque coup qu'il portait.

Ses trois adversaires commençaient à battre en retraite, lorsqu'un nouvel acteur se précipita au milieu d'eux en croisant leurs armes. Le combat est suspendu. Je regarde.... je reconnais,..... Grand Dieu ! c'est mon

ami, mon cher ami Bernard ! J'étais
déja dans ses bras. Sans-Regret lui
serrait la main, ne voulant pas quitter
son sabre que les autres n'eussent
remis leurs épées. Quand elles furent
dans les fourreaux : -- « Croirais-tu »,
dit-il à Bernard, « que ces trois ma-
» roufles-là voulaient emmener notre
» ami en prison? et à ma barbe en-
» core ! Ils disent que c'est un ordre...
» --- Je sais tout » , dit Bernard.
» Ce n'est point le hasard qui m'amène
» ici. Je viens avec le projet de dé-
» livrer notre ami ; mais je veux em-
» ployer un moyen plus doux et peut-
» être plus sûr que le tien. Monsieur »,
dit-il tout bas à l'Exempt , « voici une
» bourse assez bien garnie pour vous
» décider ; --- et qui le décidera »

I 3

ajouta Sans-Regret. «Allons, Mon-
» sieur, ne t'amuse pas à barguigner.
» Te voilà entre une bourse et des
» coups de sabre. Ce n'est pas le cas
» de balancer. --- Ma foi, Monsieur,
» je ne balancerai pas non plus ; je
» prends la bourse, mais songez de
» quelle importance il est pour moi
» que vous me gardiez le secret ».

Dès-lors, tout fut bientôt arrangé.
Bernard avait une bonne voiture. Sans-
Regret, en nous y conduisant, nous
dit à l'oreille, qu'il allait garder notre
homme à vue jusqu'à ce que nous
eussions beaucoup d'avance. Nous
l'embrassâmes et nous partîmes.

Bernard m'apprit alors qu'il avait été
informé de mon malheur par le com--
missionnaire qui, lorsque l'on m'avait

arrêté, était chez moi , attendant ma
réponse. C'était un petit drôle fort
intelligent. Rien ne lui était échappé.
Il avait sur-tout bien retenu le nom
du château d'If, qu'il avait entendu
prononcer à l'Exempt. Il avait aussi
eu grand soin de suivre jusqu'à la
voiture, et de se mettre en état de
la dépeindre très-exactement. Bernard
avait vîte couru chez Julie. C'était
cette bonne personne qui l'avait mis
à même de prendre une chaise de
poste, de corrompre les sbires, et
de me donner de quoi passer dans
le pays étranger. Si elle n'eût point
été malade, elle aurait accompagné
Bernard, pour travailler elle-même
à ma liberté, et m'offrir toutes les
consolations qui auraient été en son

pouvoir. Elle regrettait bien encore de ne pas avoir eu dans le moment une somme plus forte ; mais elle me faisait prier, avec les instances de l'amitié la plus tendre, de permettre qu'elle partageât avec moi, à mesure qu'elle en recevrait. Enfin, elle avait recommandé à Bernard de ne pas me quitter que je ne fusse sur la frontière, hors de tout danger. Sa sollicitude n'était pas plus vive que celle de mon ami. Il ne me quitta que sur les frontières du Brabant, que je devais traverser pour aller en Hollande.

Je n'ai point essayé de peindre tout ce qui s'était passé en moi pendant son récit. Je ne parlerai non plus, ni de mes adieux, ni de tout ce

que le sentiment me dicta pour lui,
pour cette bonne Julie, pour notre
mère Simplet, pour Justine. Les expressions les plus vives seraient encore si loin de la vérité !

CHAPITRE XVIII.

LE FRANÇAIS CHEZ L'ÉTRANGER.

DANS la voiture que je pris pour me rendre d'Anvers à Amsterdam, j'eus pour compagnon de voyage un Hollandais et un de mes compatriotes. Celui-ci était coiffé comme pour aller au bal, vêtu d'un frac élégant, une jolie badine à la main, les manières lestes, le ton suffisant, l'air évaporé. A peine la portière est-elle ouverte, que l'étourdi s'élance dans la voiture, comme s'il eût dû l'occuper seul, et s'empare du fond. Pour moi, je fis au Hollandais les politesses d'usage.

Comme il paraissait n'entendre que ma pantomime, j'en forçai l'expression, et je la forçai d'autant plus que, souffrant du tort de mon compatriote, je voulais tâcher de le réparer autant qu'il était en moi. Pour toute réponse à mes révérences, le Hollandais porta une main à son chapeau, sans le moindre mouvement de la tête ni du corps ; et, de l'autre main, me prenant par le bras, il me força de monter le premier.

Notre élégant était déja fredonnant une ariette, qu'il interrompit pour me demander si j'étais Français, et pour se féliciter *d'avoir trouvé une figure humaine ; car, ces gens-là,* dit-il, en regardant le Hollandais ; il se reprit tout de suite, et s'adres-

sant à lui, il lui demanda quelle heure
il était ; s'il y avait loin jusqu'à la
dinée ; le tout pour savoir s'il enten-
dait le français. Pas une de ces questions ne fit seulement lever les yeux
au Hollandais, qui s'occupait à charger sa pipe.

« Vous voyez » , me dit mon étourdi,
» vous voyez combien nous sommes
» heureux de nous être rencontrés.
» Ne serait-il pas bien gai de voyager
» avec un pareil butor , qui ne sait
» que son baragouin , et qui ne con-
» naît que sa pipe et ses florins? Car ,
» ce gros pataud-là , avec son ample
» habit de drap, son grand chapeau,
» et sa perruque sans poudre, pour-
» rait bien être un bourg-mestre, et
» ne compter que par tonnes d'or.

En

» En vérité, je ne viens dans ce pays-
» ci que parce qu'il faut l'avoir vu,
» mais je sais d'avance que c'est la
» nation la plus maussade de l'univers;
» que je n'y trouverai qu'ennui, dé-
» goût......». Et voilà mon homme
qui ne tarit plus sur les reproches que
la frivolité française fait au flegme
hollandais.

Je lui observai qu'il ne fallait ni
se prévenir sur des rapports étrangers,
ni juger un pays en y entrant; que
chaque peuple avait ses bonnes et
ses mauvaises qualités; que le sang-
froid batave était souvent préférable
à la légèreté qui nous caractérise, et
qui, grace à quelques Français, ajou-
tai-je, en appuyant, nous rend l'objet
des sarcasmes ou de la pitié de l'étran-

H.   K

ger ; que la Hollande me paraissait
un pays étonnant ; que je ne pouvais
voir sans admiration des hommes qui
avaient conquis sur la mer la terre
qu'ils habitaient. Enfin, je dis tout
ce que la justice me dicta en faveur
de cette nation, si différente de la
nôtre, il est vrai, par ses habitudes,
mais si admirable sous une infinité de
rapports.

Mon homme me répondit par un
papillotage si misérable, que je pris
le parti de garder le silence. Son
babil tarit bientôt ; mais il le rem-
plaça par des mines qui me firent encore plus de peine. J'avais été bien
aise, pour l'honneur de ma nation,
que le Hollandais ne comprît pas les
sots propos de mon ridicule compa-

triote, mais la pantomime est de tous les pays , et les *pouah ! le vilain !* qu'il articulait à chaque bouffée de tabac qui sortait de la pipe, étaient accompagnés d'une scène muette, trop expressive pour n'être pas comprise.

Ce fut bien pis à la dînée. Tout lui parut *détestable*. A chaque plat , il opposait la citation de vingt entremets , et ne cessait de se récrier sur l'impossibilité de vivre avec une pareille cuisine. Pour moi , je mangeais sans faim , parce que le chagrin m'accablait, mais avec l'attention au moins de ne pas marquer de dégoût. A quoi bon de vouloir humilier les gens ? On n'y gagne jamais que d'avertir leur orgueil de se cabrer. Je pris de même

mon parti sur l'impossibilité de me
faire entendre en parlant. J'y suppléai
par les signes, sans aucune marque
d'impatience, et j'eus tout ce que je
desirais; tandis que mon merveilleux,
jurant, tempêtant, se donnant au
diable, n'obtenoit que des *kanni fer-
chan* (1) (*je ne vous comprends pas*),
prononcés avec un sang-froid qui ré-
doublait sa fureur. Si même il avait
voulu se donner la peine d'observer,
il aurait pu remarquer une nuance de
mépris.

_____

(1) Telle est la prononciation: mais voici
l'ortographe et la traduction littérale :

Ik kan niet uw ferstaan.
Je peux pas vous comprendre.

CHAPITRE XIX.

LE BON HOLLANDAIS.

LE lendemain, en montant en voiture, j'appris avec beaucoup de plaisir qu'il nous avait quittés ; mais je ne fus pas peu surpris lorsque le Hollandais m'adressant la parole en bon français : --- « Je vous félicite », me dit-il , « du départ de votre compatriote. » Ce sont ses pareils qui font tort à » votre nation. Heureusement qu'il » se rencontre quelques gens sensés » comme vous, qui.... ». Je supprime toutes les choses honnêtes qu'il ajouta. Il finit par me prier de venir loger chez lui.

K 3

Sa manière de m'y engager était
si loin de nos ridicules affectations
de politesse, que je le pris pour un
hôtelier....... Et, voulant savoir
s'il était au nombre de ceux dont
on m'avait donné la note à mon départ d'Anvers, je lui demandai sous
quelle enseigne il tenait son auberge.
--- « Voilà bien l'opinion française »,
me dit-il en souriant ; « on croit chez
» vous qu'ici on ne fait rien que pour
» de l'argent. Sachez, jeune homme,
» que l'on vous induit en erreur. Nous
» n'avons pas, comme les Français,
» la politesse des manières, mais nous
» avons celle du cœur. Les prévenances
» manquent ici de cette jolie tournure
» qu'on sait leur donner dans votre
» pays, mais elles ne sont jamais une

» amorce perfide , dont l'intérêt est le
» seul motif. Nous ne faisons accueil
» qu'aux gens qui paraissent nous con-
» venir. Si notre première opinion se
» trouve justifiée , nous les adoptons
» pour amis ; et c'est dans l'espérance
» de vous donner bientôt ce titre ,
» que je vous engage à venir chez moi.
» Allons (en me tendant la main) ,
» ne mettez pas plus de façon à accep-
» ter, que je n'en mets à offrir ».

Je ne savais trop quelles expressions
employer pour lui dire avec quel plaisir j'acceptais , sentant bien de quel
ridicule une formule française serait
auprès du style dans lequel l'invita-
tion était faite. Cependant ma réponse
me valut un : « bon cela ! bon !
» je vois que vous ne serez pas long-

» tems à perdre les manières, et vous
» ne pouvez qu'y gagner ».

(La voiture se trouvait arrêtée devant un pavillon que l'on décorait) :
« Tenez ; vous voyez les sculptures
» de ce panneau qui vient de chez
» l'artiste : simples, mais admirables
» par leur fini. Voyez les pareilles que
» l'on vient de dorer : brillantes, mais
» tous les détails du ciseau perdus sous
» les couches de blanc et sous la do-
» rure ».

J'étais on ne peut plus surpris en
comparant l'intéressante conversation
de mon compagnon de voyage avec
cette taciturnité, je dirai même, cet
air lourd que je lui avais trouvé la
veille. Il continua de m'étonner par
ses réponses à mes questions sur tout

ce que la route m'offrait de nouveau.
Par-tout des explications claires, des
observations fines, et toujours une
complaisance si vraie, qu'il ne me vint
même pas dans l'idée que je pourrais
en abuser.

Enfin nous arrivâmes chez lui. Un
Français qui aurait eu la dixième
partie de ses richesses, n'aurait voulu
habiter qu'un superbe hôtel. M. Péters,
(c'est le nom du respectable Hollandais) ne comptait que par millions.
Il ignorait même jusqu'où allait sa
fortune, parce que la mer, toujours
couverte de ses vaisseaux, lui appor-
tait sans cesse de nouveaux trésors.
Cependant sa demeure annonçait l'aisance, sans le moindre faste. On ne
pouvait rien desirer d'utile qui ne

s'y trouvât; mais on y aurait en vain
cherché le superflu, ou ces riens bril-
lans, que le luxe imagine pour la
vanité. On ne pouvait se défendre
d'un étonnement mêlé de vénération,
en trouvant réunies et les richesses
ordinairement si corruptrices, et cette
antique simplicité qui caractérisait le
siècle des mœurs.

Une jeune femme mettant tout son
bonheur à gouverner sa maison, à
élever son enfant, à avoir pour son
mari ces prévenances douces et conti-
nuelles qui attachent bien plus que
l'ivresse passagère de l'amour; un
enfant respectueux, mais sans cet
air humilié que donne la crainte,
parce qu'on lui offrait des exemples,
sans jamais lui infliger de châtiment;

un vieux père , que tout le monde servait avec empressement , et dont le radotage n'excitait ni humeur ni railleries ; des domestiques que jamais on ne grondait , parce qu'ils faisoient toujours leur devoir , et qui faisaient toujours leur devoir , parce que jamais on ne les grondait ; M. Péters enfin, dont l'unique soin était de rendre heureux tout ce qui l'approchait : voilà l'intérieur de cette maison , de laquelle la joie bruyante n'approchait pas , mais où l'on trouvait toujours , et dans tous les individus , l'air du vrai contentement.

Je fus bientôt regardé comme de la famille. M. Péters , sans s'informer du motif qui m'avait amené en Hollande , avait exigé que tout le tems que j'y demeurerais , je restasse chez lui. Du reste , aucune gêne. Il m'avait, le premier jour , conduit à mon appartement , montré tous les êtres de la maison , averti des heures des repas et du thé ; ensuite liberté entière de faire tout ce que je voudrais.

Si quelque chose avait pu alléger mes peines , ç'aurait été de vivre avec des gens aussi estimables ; mais j'étais loin de tous ceux que j'aimais! loin d'Adèle! ne recevant même aucunes nouvelles! .... Dès mon arrivée , j'avais écrit à Bernard , à une adresse dont nous étions convenus, pour échapper aux soupçons que ma fuite aurait pu faire naître. Les couriers se succédaient sans m'apporter de réponse , et mon chagrin allait toujours croissant.

Un

Un jour, après avoir fait quelques tours dans le jardin, j'entrai dans un pavillon qui le terminait. J'étais si absorbé dans ma douleur, que je n'apperçus pas Madame Péters, qui y était occupée à lire. J'allai m'asseoir tout auprès d'elle, et, me croyant seul, je donnai un libre cours à mes larmes, à mes sanglots. Une main s'appuie sur mon bras. Je me retourne, je reconnais Madame Péters, qui, me regardant de l'air le plus pénétré, me demande si c'est d'être éloigné de mes parens que je pleure ainsi : --- « Hélas ! Madame, j'ai le malheur » de n'avoir plus ni père, ni mère. --- » Pauvre jeune homme ! qui peut donc » vous chagriner si fort » ? --- Ma réponse fut un soupir, en appuyant

L

fortement la main sur mon cœur. ---
« Quoi ! Est-ce que ce serait déja
» l'amour ? Est-ce que vous auriez
» déja perdu une bien-aimée » ?

Le ton dont elle prononça ces deux
questions, toutes les idées qu'elles
firent naître en moi, me boulever-
sèrent à un point, que, sans être
retenu par sa présence, je me mis à
pleurer de nouveau. --- « Tiens, mon
» ami », dit-elle à son mari, qui
entrait au même instant, « croirais-tu
» que ce bon jeune homme est déja
» malheureux d'amour ? qu'il pleure
» déja une bien-aimée ? --- Il y a long-
» tems que je l'ai pensé », répondit
M. Péters ; « j'aurais bien voulu lui
» offrir les consolations de l'amitié ;
» mais j'ai craint de lui demander son

» secret. --- Vous avez mieux fait » , lui dis-je , « vous m'avez inspiré de » la confiance ; je vous dirai tout, » mes bons et respectables amis ! La » part que vous prendrez à mes peines » les allégera, j'en suis sûr ».

Il aurait fallu voir avec quel intérêt ces braves gens écoutèrent mon histoire. M. Péters , peut-être pour la première fois de sa vie , laissa éteindre sa pipe , et ne songea point à la ralumer. L'enfant , assis sur un tabouret aux pieds de sa mère, sur les genoux de laquelle un de ses coudes était appuyé , m'écouta d'un bout à l'autre sans changer d'attitude. Seulement , aux endroits qui l'affectaient le plus, il lui échappait un *Jesous ! mein Lief ! (mon Dieu !*

mon cher !) La mère, plus attentive encore, ne se permit pas de prononcer un seul mot, dans la crainte de m'interrompre ; mais sa respiration gênée, des soupirs retenus, ses yeux humides et se tournant souvent vers le ciel...... Quel langage articulé aurait pu être plus énergique ?

CHAPITRE XX.

L'EFFET DES BONS EXEMPLES.

LE récit de mes malheurs et la part que mes bons amis y prenoient, adoucirent, pendant quelque tems, le sentiment de mes peines. Cet allégement fut un peu prolongé par un trait dont la montre de Bernard fut la cause.

Le jeune Péters, le lendemain de mon récit, revint de l'école sans chapeau, disant qu'il l'avait perdu ; mais qu'il attendrait bien aisément le printems, époque à laquelle il devait en avoir un neuf. On était alors dans le fort de l'hiver. Précisément, ce jour-

L 3

(126)

là, il faisait un tems qui ne devait
pas l'engager à attendre si patiemment
le retour de la belle saison. Il tombait
de la neige ; ses cheveux en étaient
couverts, et chaque pointe portait
son glaçon : il avait les oreilles rouges
et très-douloureuses. Cependant, élevé
comme tous les enfans devraient l'être,
il ne fut pas grondé, mais on ne le
plaignit pas ; et, puisque par son dé-
faut de soin, il s'était privé du moyen
de se garantir du froid, on trouva
tout simple qu'il en endurât la rigueur.

A peine était-il arrivé, qu'une pauvre femme vint apporter son chapeau.
C'était la mère d'un enfant qui avait
une de ces maladies de tête auxquelles
le premier âge est sujet. Il n'avait pour
la couvrir, que les débris d'un bonnet.

Cependant sa mère était infirme, et n'ayant que lui pour la servir, il fallait qu'il sortît souvent. Le jeune Péters l'avait rencontré, le matin, par le tems affreux qu'il faisait, et l'avait forcé de recevoir son chapeau. Je laisse à juger combien il fut caressé, quels éloges il reçut. --- « Qu'est ce » que cela », répondit-il, « en com- » paraison de ce bon Bernard ? --- » O Bernard ! m'écriai - je, « voilà » encore une belle action qui t'est » due ! Aimable enfant, vous lui res- » semblerez, j'en suis sûr. Rendez- » en grace au ciel. C'est la plus grande » faveur qu'il puisse vous faire ».

M. Péters envoya acheter deux cha- peaux ; l'un pour l'enfant malade , l'autre pour son fils. Le chapeau que celui-ci avait donné fut placé dans sa chambre, comme un tableau de famille, ou plutôt, comme un monument qui, en rappelant sa belle action, lui imposait l'obligation d'être toujours tel qu'il s'était montré dans cette circonstance.

CHAPITRE XXI.

ÉVÉNEMENS.

ENFIN, je reçus des nouvelles de Bernard. Une fluxion de poitrine, dont il avait été attaqué à l'endroit même où nous nous étions séparés, l'avait forcé d'y rester près de six semaines. Il n'avait pu m'écrire, parce que, mes lettres ne lui étant pas parvenues, il n'avait pas su où m'adresser les siennes.

Pendant cet espace de tems, il y avait eu, dans la famille d'Arleville, un bouleversement incroyable. Dès qu'Adèle avait été informée de mon événement, elle était allée s'enfermer dans un couvent jusqu'au retour de son père, pour échapper aux attaques de l'Abbé ; elle le connaissait trop, pour ne pas craindre que mon éloignement ne redoublât son audace. Malheureusement M. d'Arleville ne le connaissait pas aussi bien, et lui accordait une pleine confiance. Se voyant obligé de prolonger son absence, il lui avait envoyé sa procuration, des blancs-seings, les clefs de sa caisse. Bientôt il avait appris que ce scélérat avait disparu et lui avait enlevé toute sa fortune. Le courier suivant l'avait informé que cet événement avait causé à Madame d'Arleville une attaque d'apoplexie, qui l'avait enlevée en peu d'heures.

Justine , que l'on avait toujours con-
tinué de prendre pour un homme ,
s'était trouvée présente à cette seconde nouvelle ; en l'apprenant , elle
avait jeté un cri , s'était évanouie......

CHAPITRE XXII.

HISTOIRE DE JUSTINE.

« JE puis à présent » , ajoutait Bernard , « vous raconter l'histoire de
» cette intéressante personne. Orphe-
» line dès son enfance , élevée par
» une parente qu'elle a perdue de-
» puis , elle eut le malheur , à l'âge
» de quinze ans, de rencontrer, d'ai-
» mer M. d'Arleville , que la fortune
» n'avait pas encore favorisé. Il était
» possible qu'il l'épousât. Elle en con-
» çut l'espérance , s'abandonna à sa
» probité..... Lui-même n'avait sûre-
» ment pas l'intention de la séduire,

» po

» pour la délaisser ensuite. Cependant
» un oncle riche, qui l'adopta, lui
» ouvrit une carrière avantageuse,
» lui proposa une riche héritière. Vé-
» ritablement attaché à Justine, M.
» d'Arleville refusa, et mit dans ses
» refus d'autant plus d'opiniâtreté,
» que Justine commençait à s'apper-
» cevoir qu'elle était mère.

» L'oncle était un de ces hommes
» pour lesquels amour, vertu, pro-
» bité, ne sont que des mots. Il n'y
» avait rien de réel à son gré que
» la fortune. Bientôt il eut découvert
» le motif des refus de son neveu.
» Sans lui laisser soupçonner qu'il fût
» instruit, il alla trouver Justine, lui
» prescrivit de changer de demeure
» à l'instant même, de prendre toutes

II. M

» les précautions nécessaires pour que
» M. d'Arleville ignorât celle qu'elle
» aurait choisie, même de lui écrire
» qu'un mariage qu'elle allait con-
» tracter était la cause de sa dispa-
» rition, etc. En même tems, il la
» menaça, si elle refusait, de la faire
» enfermer pour la vie dans une de
» ces maisons consacrées aux malheu-
» reuses que l'on arrache aux derniers
» excès de la débauche; et, ce qui
» l'effraya bien plus, de faire enfer-
» mer aussi son amant. Ces menaces
» étaient accompagnées de deux lettres
» de cachet, sans doute supposées. Il
» était facile de la tromper, de l'ef-
» frayer. L'infortunée croyait déjà
» voir son amant chargé de chaînes.
» Il dépendait d'elle de le sauver en

» s'immolant. Elle accepta les condi-
» tions cruelles qui lui étaient impo-
» sées ; et, après avoir écrit la lettre
» que l'oncle lui dicta ; elle partit
» pour se retirer dans une campagne,
» à quelques lieues de Paris, chez
» ma grand'mère, chez cette respec-
» table mère Simplet, qui, comme
» vous le savez, est sa marraine, et
» que, depuis, elle n'a plus quittée.

» M. d'Arleville; trompé par sa
» lettre, par sa disparition subite,
» ne vit en elle qu'une perfide qu'il
» se reprochait d'avoir tant aimée ;
» et, dans son indignation d'avoir
» été aussi cruellement trompé, il
» consentit au mariage proposé par
» son oncle.

» Justine, en l'apprenant, voulut,

M 2

» dans les premiers accès de son dé-
» sespoir, attenter à sa vie. Heureu-
» sement que M. Francir, ce respec-
» table Prêtre que vous avez vu chez
» notre bonne mère, était à cette
» époque Vicaire dans le même village.
» Vous savez qu'il a cette éloquence
» douce et persuasive qui distingue
» les dignes Ministres de l'Evangile.
» Il lui présenta les consolations de la
» Religion, et parvint à lui donner le
» courage de supporter la vie ; mais
» la blessure était trop profonde pour
» pouvoir être entièrement cicatrisée.
» Cette tristesse continuelle, à la-
» quelle vous l'avez vu livrée, rem-
» plaça les fureurs du désespoir. Sa
» vie ne fut plus, depuis cette époque,
» qu'une souffrance habituelle. Ses

» jours entiers furent consacrés à pleu-
» rer ses malheurs et sa faute. Bientôt
» elle devint d'une maigreur effrayante.
» M. d'Arleville lui-même ne l'aurait
» pas reconnue. Cependant elle donna
» le jour à l'enfant qu'elle portait
» dans son sein. Ce courage, que la
» nature a donné aux mères, suppléa
» à la force ; elle ne voulut même
» pas donner son enfant à une nour-
» rice étrangère, et cet être, miné
» par la douleur, put encore fournir
» à l'accroissement d'un autre.

» Madame d'Arleville accoucha peu
» de tems après Justine. Par le plus
» heureux hasard, l'enfant fût mis
» en nourrice dans le même village
» où s'était réfugiée cette infortunée,
» qui seule aurait dû faire connaître

» à M. d'Arleville les délices de la
» paternité. Dès qu'elle en fut ins-
» truite, elle se lia avec cette femme.
» Elle ne voyait pas l'enfant sans
» éprouver des angoisses affreuses ;
» mais il appartenait à son amant,
» et elle trouvait une espèce de jouis-
» sance dans le mal que sa présence
» lui faisait. Il était du même sexe
» que le sien : l'un et l'autre étaient
» garçons, et se ressemblaient au
» point que, sans la différence des vê-
» temens, on aurait pu les confondre.

» Un matin, Justine, en s'éveillant...
» Dieu ! comment peindre son dé-
» sespoir affreux, lorsque voulant pren-
» dre son enfant..... Il était froid,
» inanimé !..... Elle n'avait plus de
» fils !

(139)

» Ce fut alors qu'il fut difficile à
» M. Francir de la résoudre à vivre :
» mais elle dépérit à vue d'œil, et
» bientôt elle se serait éteinte.....
» lorsque la paysanne qui, après avoir
» rendu son nourrisson à M. d'Arle-
» ville, était tombée très-dangereu-
» sement malade, la fit appeler avec
» M. Francir, pour leur apprendre
» que l'enfant de Justine n'était pas
» mort. Celui que cette femme nour-
» rissait avait péri subitement dans
» une convulsion ; elle avait couru
» chez Justine, sans autre intention
» que de lui dire son malheur.....
» Elle l'avait trouvée endormie ; la
» mère Simplet était absente.....
» la somme assez forte que lui payait
» M. d'Arleville, les espérances que

» conçoit toujours pour l'avenir la
» nourrice d'un riche héritier, l'oc-
» casion enfin, lui avait fait naître le
» projet d'échanger les deux enfans.
» La ressemblance le rendait facile :
» et son exécution avait eu le succès
» le plus complet.

    » La paysanne, avant de faire
» l'aveu de son crime, avait exigé
» que Justine et M. Francir lui ju-
» rassent de taire, si elle ne mourait
» pas, le secret qu'elle allait leur
» confier. Elle fut rappelée à la vie ;
» et l'infortunée Justine, ne pouvant
» ni réclamer son enfant, ni le perdre
» de vue, décida sa marraine à venir
» s'établir à Paris. Elles y prirent le
» logement que vous connaissez ; mais
» quoique fort près de la maison

,, de M. d'Arleville , il ne l'était pas
,, encore assez au gré de la sollici-
,, tude maternelle. Elle fit tant qu'elle
,, déterra le cabinet dans lequel vous
,, êtes allé une fois , et dans lequel ,
,, depuis cette époque , elle a passé
,, toutes ses journées jusqu'au moment
,, où elle est venue soigner M. d'Ar-
,, leville dans sa maladie , et ensuite
,, le servir sous le nom de Félix. Il
,, donne sur les derrières de la mai-
,, son qui renfermait tout ce qu'elle
,, avait de plus cher. C'était précisé-
,, ment de ce côté qu'était la chambre
,, de son fils. C'est lui , c'est le jeune
,, d'Arleville que , de ce même cabi-
,, net où vous avez une seule fois con-
,, duit Justine , vous avez vu prendre
,, une leçon de dessin ; et l'homme

» âgé que vous avez vu assister à la
» leçon , est M. d'Arleville le père.
» Vous ne les avez pas reconnus de-
» puis , parce que vous ne les aviez
» vus qu'à travers deux fenêtres ; et
» sans doute dans des attitudes peu
» avantageuses pour bien distinguer
» leurs traits. D'ailleurs elle avait eu
» soin de vous faire passer , en allant
» et en revenant, par tant de détours,
» que vous aviez été tout-à-fait dé-
» paysé. L'épouse de M. d'Arleville
» le rendit père une seconde fois;
» ce fut d'Adèle. Enfin il devint veuf.
» La pauvre Justine , toujours frappée
» des menaces de l'oncle , qui vivait
» encore , n'osa pas se découvrir ;
» mais , cette fois , en apprenant
» la mort de la seconde femme de

» M. d'Arleville, elle n'a pu résister
» à tout ce qu'elle a éprouvé ; et son
» évanouissement, comme je vous l'ai
» dit, a trahi son secret.

   » Quoique M. d'Arleville la crût
» infidelle, il n'avait jamais cessé de
» la regretter. Elle seule était la cause
» de cette tristesse habituelle à la-
» quelle vous l'avez vu livré. Vous
» vous souvenez sans doute de l'effet
» que produisit sur lui le seul nom de
» Justin, lorsqu'elle vint, sous ce
» nom, se présenter pour entrer à son
» service. Par cela seul vous pouvez
» imaginer combien peu le tems avait
» éteint ses premiers feux. Jugez à
» présent avec quelle joie il a retrouvé
» une personne aussi tendrement ai-
» mée, aussi constamment regrettée ,

» aussi intéressante , et avec quel
» empressement il réparera les torts
» involontaires qu'il a eus à son égard.
» La paysanne qui avait fait l'échange
» des deux enfans xiste encore. M.
» Francir , enlii garantissant le par-
» don de son crime, vient de la dé-
» terminer à en renouveller l'aveu.....,
» et cet aveu a mis le comble à la
» joie de M. d'Arleville.

» Cependant le voilà ruiné sans
» ressource. Les créanciers se sont
» réunis pour faire vendre ses biens.
» Une parente riche a voulu adopter
» Adèle, mais elle n'a pas hésité un
» seul moment de partager la misère
» de son père. Elle est partie avec lui,
» pour aller se confiner à * * * *.
» Vous savez que c'est peut-être l'en-
» droit

» droit de la France le moins habi-
» table ; mais il l'a préféré à tout
» autre , parce qu'il espère y être
» ignoré , et se dérober aux regards
» insultans dont on humilie souvent
» l'homme que la fortune accable.
» Adèle a l'air aussi content que si
» elle allait dans le plus bel endroit
» de l'univers. En partant, elle m'a
» recommandé avec une expression
» que j'ai bien sentie , de donner de
» mes nouvelles à son père , de ne
» lui laisser rien ignorer de ce qui
» vous concernerait. . . . . *Dites-lui,*
» a t-elle ajouté.... Elle en est restée
» là. Son beau visage s'est coloré ;
» ses yeux se sont détournés avec
» embarras. . . . . . . Son père était
» déja en voiture. Elle s'est empressée

II.   N

» d'y monter , de se cacher dans le
» fond. A un détour que le chemin
» fait à une cinquantaine de pas ,
» elle a mis la tête à la portière ; un
» de ses gants est tombé ; elle n'a
» pas paru s'en appercevoir, mais
» sûrement c'est son intention que je
» remplis en vous l'envoyant.

   » Le Chevalier d'Arleville est en
» Angleterre, à la piste de l'Abbé
» Fallacio , que l'on y croit réfugié ».

CHAPITRE XXIII.
LES ERREURS RECONNUES.

(Suite de la Lettre de Bernard.)

« JULIE n'est point informée du dé-
» sastre de M. d'Arleville. Elle vient
» de faire une fausse couche, qui a
» manqué de lui coûter la vie. La mort
» de l'honnête Commandeur, qui est
» arrivée presqu'en même tems, et
» dont on l'a instruite sans précaution,
» a encore aggravé ses maux ; et elle
» commence seulement à entrer en con-
» valescence, mais ses souffrances n'ont
» point suspendu les effets de son bon
» cœur.

» Notre bonne mère Simplet ,

N 2

» n'ayant ni de vos nouvelles ni des
» miennes, s'était livrée à toutes les
» inquiétudes imaginables. Elle avait
» commencé par des neuvaines, en-
» suite des jeûnes austères, enfin elle
» était tombée malade. Julie lui a
» aussi-tôt fait dresser un lit dans sa
» propre chambre, pour qu'elle fût
» sous ses yeux et qu'elle partageât
» toutes les douceurs que son aisance
» lui procurait à elle-même. C'est là
» que je l'ai trouvée aussi proprement
» arrangée que sa bienfaitrice, servie
» avec la même attention, dirigée par
» le même médecin.

» Dès qu'elle m'a vu, elle a voulu
» à la fois m'exprimer sa joie, me
» parler de vous, me dire tout ce
» qu'elle devait à Julie. Ses paroles

» se pressaient sans ordre , et ne
» formaient qu'un radotage inintelli-
» gible. Les seuls mots qu'elle ait pu
» articuler de suite ont été ceux-ci :
» *Mon ami, bénis le Tout-Puissant,*
» *et vois un ange.* Elle me montrait
» Julie, qui, me tendant la main :
» *J'ai bien des obligations à votre*
» *bonne mère*, me dit-elle ; *je lui dois*
„ *la connaissance du plus respectable*
„ *des hommes, de M. Francir. Il vient*
„ *la voir quelquefois. Je n'ai pas tardé*
„ *à goûter la conversation de ce digne*
„ *Prêtre. Il a vu mes erreurs, les a*
„ *combattues avec cette onction puis-*
„ *sante de la véritable piété ; il en a*
„ *triomphé : je les ai abjurées pour*
„ *jamais. Le ciel vient de m'enlever,*
„ *avant sa naissance, l'enfant auquel*

N 3

,, je devais donner le jour. C'est sans
,, doute pour me faciliter les moyens
,, de renoncer à ma liaison criminelle
,, avec M. d'Arleville. Sa famille ne
,, consentirait sûrement pas que je
,, fusse son épouse. Je ne voudrais
,, ni l'être malgré ses parens, ni con-
,, tinuer de le voir à un autre titre ;
,, et je n'attends que mon rétablisse-
,, ment pour me retirer, non pas dans
,, un cloître ; M. Francir lui-même
,, ne me conseille pas un parti aussi
,, extrême, dont je pourrais me re-
,, pentir un jour, mais dans une
,, campagne, où, par la suite, mon
,, cher Bernard, je veux avoir votre
,, bonne mère. Si jamais je reviens
,, à Paris, ce sera lorsque le tems
,, aura éteint dans le cœur de M. d'Ar-

,, leville , dans le mien. . . . . . . ,

,, Un soupir m'a fait connaître com-

,, bien elle aurait encore à combattre.

,, Eh! pourquoi, a dit la mère Simplet,

,, l'empêcherait-on de vous épouser ?

,, Est-ce qu'une brebis revenue au

,, bercail , ne vaut pas mieux que

,, celle-là qui ne s'est jamais égarée.

,, Et où lui trouverait-on une femme

,, qui ait une aussi belle ame ? N'est-

,, ce pas à vous qu'ils ont l'obliga-

,, tion si ce jeune homme est dans la

,, bonne voie? Sans vous , il prenait

,, tout droit le chemin de ne rien valoir.

,, Allez, allez, ma chère Dame, soyez

,, en repos. Le bon Dieu ne laissera

,, pas tant de vertus sans récompense.

,, Sa volonté soit faite. Résignons-

,, nous , mais espérons toujours dans

,, sa bonté.

» Je n'ai point encore osé parler des
» malheurs de la famille d'Arleville.
» Je crains que Julie ne soit pas en
» état d'apprendre cette nouvelle sans
» danger. Je viens d'en charger M.
» Francir , qui saura y mettre toutes
» les précautions convenables.

» Les démarches que Julie se pro-
» pose de faire pour vous , mon cher
» ami , me rendent encore plus im-
» patient de la voir rétablie. Le zèle
» qu'elle y mettra, l'évidence de votre
» innocence , m'assurent qu'elles au-
» ront l'effet le plus prompt. En atten-
» dant que mes vœux, que ceux de
» toutes les personnes qui vous con-
» naissent , soient exaucés , recevez
» les tendres caresses de votre ami ,

» BERNARD »,

CHAPITRE XXIV.

FORTUNE INATTENDUE.

J'ACHEVAIS la lecture de cette lettre, que j'avais été obligé d'interrompre je ne sais combien de fois, lorsque M. Péters, entrant avec une vivacité que je ne lui avais jamais vue : ---
« Pardon », me dit-il, « je suis peut-
» être indiscret ; mais dites - moi si
» ma femme ne s'est pas trompée en
» me disant que l'adresse de la lettre
» qu'elle vient de vous faire remettre
» portait le nom de Blançay. --- Elle
» ne s'est pas trompée ; c'est mon nom.
» ---Dites-moi, mon jeune ami, tout

„ ce que vous savez de votre père,
„ --- Je ne sais autre chose », lui
répondis - je, « sinon qu'il était allé
„ à Pondichéry occuper une place
„ importante ; qu'ayant eu le malheur
„ d'y perdre ma mère, et de voir sa
„ place supprimée, il revenait en
„ France, apportant avec lui toute
„ sa fortune ; que dans la traversée,
„ il a fait naufrage ».... A chaque
mot que je disais, la physionomie de
M. Péters s'animait davantage. ---
« Ne vous a-t-il jamais écrit » ? me
dit-il. --- « Je vous demande pardon ;
„ deux lettres que j'ai toujours dans
„ mon porte-feuille, -- Voyons-les ».
Je les lui montrai. --- « C'est cela
» même », s'écria M. Péters, avec
un transport de joie. « C'est bien la

„ même écriture. Mon Dieu ! pour-
„ quoi, dans le récit que vous m'avez
„ fait, ne m'avoir pas dit votre nom ?
„ Sachez, mon jeune ami, que vous
„ possédez une fortune qui peut vous
„ donner le droit de prétendre à la
„ main d'Adèle. --- Dieu ! serait - il
„ possible ? --- Rien n'est plus vrai.
„ C'était sur un de mes vaisseaux que
„ votre père s'était embarqué, pour
„ revenir en Europe. Il eut, un soir,
„ l'imprudence de monter sur le pont
„ pendant une bourasque. Il fut en-
„ levé, précipité dans les flots. L'obs-
„ curité, l'état de la mer, ne me lais-
„ sèrent seulement pas la consolation
„ de pouvoir essayer de le sauver.
„ Je fis ouvrir ses coffres, j'en fis un
„ inventaire exact, pour vous faire

„ passer tout ce qu'ils contenaient,
„ Des notes, que j'avais trouvées dans
„ ses papiers, m'avaient appris le nom
„ du collége où vous étiez ; mais il
„ s'écoula plusieurs mois avant que
„ je revinsse en Europe, et, lorsque
, j'écrivis pour m'informer de vous,
„ j'eus le chagrin d'apprendre que
„ vous n'étiez plus au collége, que
„ l'onignoraitvotresort. Je fis mettre,
„ sans plus de succès, un avis dans les
„ gazettes. Cependant j'avais pris le
„ parti de vendre la pacotille de votre
„ père, d'en mettre le produit dans
„ mon commerce, et de l'y remettre
„ toujours, avec l'attention d'en tenir
„ un état séparé, afin de vous en
„ rendre compte, si jamais j'avais le
„ bonheur de vous retrouver. Le ciel

„ V2

,, va au-delà de mes vœux, puisque
,, c'est à mon ami que cette fortune
,, appartient ,,.

J'étais si étourdi de recevoir presque
à la fois des nouvelles aussi différentes que celles de Bernard et celle
de M. Péters ; le passage rapide de
l'excès du chagrin à l'excès de la joie
suspendait tellement toutes les facul-
tés de mon ame !. ... . Je regardais
M. Péters sans lui répondre. Il semblait que je doutasse que ce fût lui.
Tout ce qui venait de se passer me
paraissait un songe dont je craignais
la fin. J'étais encore dans cet état,
lorsque Madame Péters entra. ----
" Oui, mon amie » , lui dit son mari,
,, c'est bien lui ; tu ne t'es pas trompée.
,, ---- Brave jeune homme, me dit-elle,

II. O

„ recevez mon compliment. La for-
„ tune n'a jamais mieux placé ses
„ faveurs. . . . . . . ». Elle me donna
un baiser. . . . . Il était aussi chaste
que celui d'une sœur à son frère ;
mais , dans ce même instant, je pen-
sais à Adèle. Il me fit illusion, me
tira de l'état de stupeur dans lequel
j'étais plongé : et je fus bientôt en
état d'exprimer à ces respectables
personnes, ma reconnaissance et ma
sensibilité.

Le soir, M. Péters me rendit le
compte le plus exact de la somme première, des produits successifs qu'elle
avait produits. Il en résultait un total
de plus de cinq cents mille livres. Je
lui avais communiqué la lettre de
Bernard. Il approuva le parti que

j'avais pris de passer tout de suite en France, pour aller au secours de M. d'Arleville, me donna de bons papiers sur Paris ; et, dès le lendemain, je fus en route.

CHAPITRE XXV,

OU L'ON RECONNAITRA BIEN JULIE.

J'AVAIS pris un autre nom que le
mien. Je m'étais déguisé autant qu'il
n'avait été possible. J'eus en outre
l'attention de n'arriver chez aucune
personne de ma connaissance, crai-
gnant toujours l'effet de l'ordre du
Roi. Bernard, que je vis avec toutes
les précautions imaginables, pour ne
pas nous exposer, m'apprit qu'un seul
créancier avait remboursé tous les
autres, et qu'avec trois cents mille
livres, je pourrais libérer tous les
biens de M. d'Arleville. Je courus
chez ce créancier.

Quel fut mon étonnement d'apprendre que précisément , dans le même instant , on était chez lui , pour prendre des arrangemens ; que c'était une jeune Dame. . . . . ---- « Je la connais », m'écriai - je , ,, il n'y en a qu'une , il n'y a que ,, Julie. . . . ,,. Tout en disant cela , je me précipite dans la chambre où elle était , doutant si peu que ce fût elle , que je me trouvai dans ses bras avant de m'être donné le tems de la reconnaîtrre.

Après les premiers momens de surprise et de joie , après les félicitations de Julie sur ma nouvelle fortune , et les miennes sur le retour de sa santé , elle me dit avec la franchise d'une personne qui ne s'étonne point de la

O 3

bienfaisance d'autrui , parce que la sienne ne lui coûte aucun effort ; elle me dit que j'arrivais bien à propos pour partager avec elle le bonheur de rétablir la fortune de M. d'Arleville. Seule , elle n'aurait pu acquitter qu'une partie des dettes ; mais en me chargeant d'une moitié , elle pouvait acquitter l'autre , moyennant l'abandon des trois quarts de son revenu. Je fis d'inutiles efforts pour qu'elle me laissât chargé de tout. Je ne pus pas obtenir qu'elle cédât même pour une partie. --- " Ce qui vous restera ,, de votre fortune » , me dit-elle , ,, est nécessaire à votre bonheur. ,, M. d'Arleville, auquel vous voulez ,, sûrement , comme moi , laisser ,, ignorer à qui il doit le rétablisse-

„ ment de la sienne , ne pourra avoir
„ d'autre motif pour vous accorder
„ la main d'Adèle , que le bien que
„ vous posséderez. Pour moi, que
„ m'importe, hélas ! d'avoir un peu
„ plus ou un peu moins ? Riche ou
„ non, toute espérance m'est interdite.
„ Je dois renoncer au seul homme.....!
„ Mais ne parlons pas de cela. En
„ s'occupant de son mal , on use son
„ courage, et j'ai besoin de tout le
„ mien. Oh ! oui, mon ami ! j'en ai
„ bien besoin » , ajouta-t-elle , en
portant son mouchoir à ses yeux.
Puis, se levant tout-à-coup, elle alla
trouver le créancier avec lequel nous
avions à traiter.

L'arrangement fut bientôt terminé.
Le même jour , nous envoyâmes à
M. d'Arleville une quittance générale

de tout ce qu'il devait, après avoir pris les précautions nécessaires pour qu'elle lui parvînt sûrement, et pour qu'il ignorât de quelle part elle lui venait.

Je passai le reste de la journée enfermé chez Julie, avec Bernard, Lisbeth, et ma bonne mère Simplet, qu'en arrivant j'avais trouvée devant sa vierge de plâtre, ornée de fleurs, et autour de laquelle brûlaient cinq ou six cierges, en action de graces de ma nouvelle fortune.

Je partis au milieu de la nuit, pour retourner en Hollande. Le château de M. d'Arleville était presque sur ma route ; je ne pus résister au desir d'y aller. La vue d'un endroit où l'on s'est trouvé avec une personne chérie a toujours tant de charmes !

CHAPITRE XXVI.

EFFETS D'UNE BONNE NOUVELLE.

C'ÉTAIT un Dimanche, quelques instans après les vêpres, que j'y arrivai. Tous les paysans étaient encore sur la place de l'Eglise. --- « Ah ! » mes enfans », leur dit le Curé Francir, dès qu'il m'apperçut, « tout „ est fini. Voilà M. Blançay qui vient „ sûrement nous apprendre que la „ terre est vendue ; que nous ne „ verrons plus notre bon Seigneur. „ --- Au contraire, mon digne ami, je „ viens vous annoncer que les affaires „ de M. d'Arleville sont arrangées „

„ que sa terre lui reste. --- Est-i
„ possible ! s'écria-t-on tout d'une
„ voix. --- Rien n'est, heureusement ,
„ plus vrai, mes amis. Dans peu vous
„ le verrez , ce Seigneur que..... ».
Un VIVAT général ne me permit
pas d'achever. Tous les chapeaux
furent jetés en l'air à plusieurs re-
prises. On dansait, on riait, on chantait , on criait des VIVAT. C'était
un tapage à ne plus s'y reconnoître.
On courait pour apprendre cette
bonne nouvelle à ceux qui étaient
restés dans les maisons. Ceux-ci, dès
qu'ils en étaient instruits, accouraient
sur la place , pour la savoir de moi-
même ; le prix qu'ils y mettaient ,
leur faisait craindre qu'elle ne fût pas
assez sûre.

Un des jeunes villageois se met à crier : --- « Qui m'aime me suive ». Et il est en un clin-d'œil à la porte du château sur laquelle étaient collées plusieurs affiches de vente. Une foule d'autres jeunes gens l'avaient suivi. Il monte sur les épaules de l'un d'eux, se trouve ainsi à la hauteur des placards, les arrache, et, avec son couteau, en ôte jusqu'aux moindres vestiges. Il veut courir à d'autres endroits où il y en avait encore ; mais il avait été prévenu par d'autres jeunes gens qui, l'ayant vu faire, s'étaient empressés d'imiter son exemple. Avant le tems que je mets à le dire, toutes les affiches furent arrachées, jetées sur la place. On y avait aussi apporté de toutes parts des fagots, pour faire

un feu de joie ; elles servirent à les allumer. On se mit à danser autour. Le ménétrier voulut racler sur son violon. --- «Pardi ! oui », dit un des jeunes gens , « nous avons bien be-
„ soin de ton *crin - crin*. Viens te
„ mettre au grand rond ; et

« Allons gai, réjouissons-nous».

Et les voilà tous dansant , sautant, gambadant, criant, battant des mains, chantant , en un mot , faisant un ta-page , tel que l'imagination ne pour-rait se le figurer. Le Curé , le Bailli, et quelques riches fermiers , firent apporter des tonnes que l'on perça des deux côtés à la fois, et les VIVAT recommencèrent de plus belle.

J'aurais voulu rester spectateur oisif,

que l'on ne me l'aurait pas permis.
On s'était emparé de moi dès le premier moment, et j'avais fait ma partie
dans ce joyeux charivari. Cependant
la prudence ne me permettant pas
de rester trop long-tems dans un
royaume où je devais craindre à
chaque instant de me voir arrêté,
je m'arrachai d'auprès de ces bonnes
gens, et je me hâtai de continuer ma
route.

Peu de tems après mon arrivée en
Hollande, j'y reçus une lettre de
Bernard.

M. d'Arleville avait été si bien
dépaysé sur la quittance générale que
Julie et moi lui avions envoyée, qu'il
l'avait regardée comme le résultat
d'une réstitution arrachée à l'Abbé

II. P.

Fallacio par les remords. Son mariage avec Justine avait été célébré dans le village qu'il avait choisi pour sa retraite ; il l'amenait dans sa terre avec le titre de son épouse. Adèle s'était attachée à elle tout de suite, et l'amitié la plus tendre les unissait. Le jeune d'Arleville était toujours en Angleterre. On lui avait écrit sur le champ l'heureuse révolution ; mais on n'avait pas encore de ses nouvelles.

Je passe rapidement sur cette lettre, pour venir à celle que je reçus quelque tems après. Elle était encore de Bernard ; mais elle en renfermait une de M. d'Arleville. Les voici l'une et l'autre.

CHAPITRE XXVII.

BONHEUR INESPÉRÉ.

» Vous êtes libre, mon cher ami »,
m'écrivait Bernard ; « vous n'avez pas
» cessé de l'être. Jamais il n'a existé
» de lettre-de-cachet contre vous.
» Tout ce qui s'est passé n'est qu'une
» nouvelle atrocité de l'Abbé. Il avait
» gagné, à force d'argent, un autre
» scélérat, qui a joué le rôle d'un
» Exempt chargé de l'ordre prétendu.
» On ne vous aurait conduit dans
» aucune prison ; on ne le pouvait
» pas. Le plan était de vous mener le
» plus loin possible, de vous donner

P 2

» ensuite quelque moyen d'évasion,
» enfin de vous tenir éloigné assez
» long-tems, pour que l'Abbé pût
» exécuter les exécrables projets qu'il
» avait formés contre Adèle, qui heu-
» reusement les a déconcertés par sa
» retraite au couvent. C'est du com-
» plice même du monstre que l'on
» tient ces détails. Au lit de la mort,
» une circonstance heureuse a conduit
» près de lui notre respectable Curé
» Francir. Ce digne Prêtre est parvenu
» à faire entrer le remords dans son
» ame ; et les aveux qui ont dévoilé ce
» mystère d'iniquité, en ont été le fruit.

    » Je ne vous dis pas quelle est la
» joie de tout le monde. Vous savez
» assez combien nous vous aimons,
» combien nous gémissons de votre

» absence. Cette nouvelle a encore
» coûté quelques cierges à ma grand'
» mère. Il en est une pour laquelle elle
» voudrait pouvoir illuminer toutes
» les chapelles de la ville ; et , ç'aurait
» été par cette nouvelle-là que j'aurais
» commencé , si M. d'Arleville n'avait
» pas voulu se réserver. . . . . » Je ne
me donne pas le tems d'achever cette
phrase. Le cachet de l'autre lettre, à
laquelle je n'avais pas d'abord fait
attention, est rompu. Je lis : je crains
de me tromper. Je relis : je ne me
trompais pas ; j'étais le plus heureux
des hommes. Voici la lettre de M.
d'Arleville.

———————

» J'AI laissé à votre ami Bernard ,
» mon cher Blançay , le plaisir de vous

,, annoncer votre liberté. Je me suis
,, réservé celui de vous dire qu'en
,, avouant son crime, le faux Exempt
,, m'a fait connaître quel avait été
,, le motif de l'Abbé Fallacio. Ce
,, malheureux avait lu dans votre
,, cœur, dans celui de ma fille. Les
,, aveux de son complice ont été pour
,, moi un trait de lumière, qui ne
,, m'aura pas été présenté en vain.
,, J'ai trop connu les peines d'un
,, amour malheureux, pour vouloir y
,, exposer ma chère Adèle; et l'épreuve
,, cruelle que je viens de subir m'a
,, trop prouvé combien la fortune est
,, un avantage fragile, pour que ce
,, soit un tort à mes yeux que d'en
,, être privé. Vous êtes honnête et bon
,, Vous aimez ma fille : elle vous aime

„ Je vous attends avec impatience,
„ pour vous nommer mon fils. C'est
„ sous ce titre que vous embrasse
„ votre père et votre ami,

     „ D'ARLEVILLE.

 » Justine, à présent mon épouse,
» partage mon impatience, mes vœux
» et mes sentimens pour vous ».

Bernard me disoit, à la fin de sa
lettre, qu'il n'avait pas parlé de ma
nouvelle fortune, dans la crainte
d'aller au-delà de mes intentions. Le
jeune d'Arleville avait donné de ses
nouvelles. Il avait si bien suivi pas
à pas la piste de l'Abbé, qu'enfin il
l'avait déterré dans les prisons d'Angleterre, où de nouveaux crimes

l'avaient conduit, et d'où il ne devait sortir que pour aller à Tyburn (1), expier tous ses forfaits. Mais ce qui déconcertait toutes les idées, c'est qu'il avait dissipé dans un libertinage scandaleux, ou perdu au jeu, tout ce qu'il avait volé à M. d'Arleville; qu'il n'avait par conséquent pas fait la restitution qu'on lui avait attribuée. On s'épuisait à former des conjectures. à chercher des renseignemens sur cette quittance, etc.

_____

(1) Lieu où l'on exécute les criminels à Londres.

CHAPITRE XXVIII.

Départ. Voyage. Arrivée.

Monsieur et Madame Péters
parurent. --- « Mes amis », m'écriai-
,, je, en courant vers eux, « mes chers,
,, mes bons amis , félicitez-moi. Je
,, suis au comble du bonheur. Je suis
,, libre, j'épouse Adèle : c'est son père
,, lui-même. . . . . . . Tenez , lisez ».
Je leur donnai les deux lettres. Ils
me félicitèrent avec toute la joie de
la véritable amitié. M. Péters me fit
tout de suite préparer une voiture.
Sa digne femme se joignit à ses domestiques , pour faire mes paquets.

Tout fut prêt en un insant ; et je
partis comblé de leurs félicitations
et de leurs vœux.

Grand Dieu ! comme dans la circonstance où je me trouvais , une
route paraît longue ! Comme je mau-
dissais le retard des relais ! l'ouver-
ture des barrières ! les passages d'eau !
la lenteur des postillons Hollandais ,
que rien ne pouvait aiguilloner !
J'allai un peu plus vîte en France ,
en forçant le paiement des guides ;
mais combien cette vîtesse me paraissait encore lente ! « Allons donc » ,
répétais-je sans cesse , « allons donc !
» je double , je triple , je quadruple
» les pour-boire..... ». Et de m'agiter
dans la voiture , comme si mes mouvemens eussent dû accélérer le sien ;

et de vouloir à chaque instant m'élancer dehors, croyant que je dévan-
cerais les chevaux. Pas une minute
de sommeil, pendant plus de soixante
heures ; point d'autre nourriture que
quelques fruits, pour appaiser la soif
brûlante qu'excitaient en moi la fatigue et l'impatience.

Enfin j'arrive. Je suis en-bas de la
voiture, avant qu'elle soit arrêtée. Un
domestique me reconnaît, va pour
m'annoncer : j'étais déja dans les bras
de M. d'Arleville, qui me fit l'accueil
le plus tendre. On courut appeller sa
femme (Justine) et sa fille, auxquelles
il défendit que l'on parlât de moi,
pour jouir de leur surprise.

Le tems qu'elles mirent à venir me
donna celui de reprendre mes sens.

Ce fut Adèle qui parut la première. Dès qu'elle m'apperçoit, elle s'arrête, rougit, baisse les yeux.... J'ignore quelle fut ma contenance : j'étais trop loin de moi pour le savoir.

« Eh bien », dit M. d'Arleville, » est-ce comme cela que l'on s'aborde » au moment de s'épouser ? Allons », en nous prenant tous deux par le bras, et nous déterminant l'un vers l'autre, « allons donc, embrassez-» vous ». Adèle rougit encore plus. Je m'approchai en tremblant. Je n'osai qu'effleurer sa joue. Elle courut se cacher dans le sein de son père. Pour moi, je suis encore surpris que j'aie pu résister à tout ce que j'éprouvais. Un degré de plaisir de plus aurait décomposé mon être.

Justine

Justine arriva. L'amitié fit un peu diversion à l'amour. Nous eûmes le tems, Adèle et moi, de revenir à nous; mais pendant toute la journée, il nous resta cet air embarrassé que l'amour honnête donne en pareille circonstance.

———

CHAPITRE XXXIX.

LE SECRET DEVINÉ.

LE soir, le Notaire fut mandé, pour dresser le contrat. M. d'Arleville voulait me reconnaître riche de. . . . . Il allait stipuler la somme. . . . . Je l'interrompis pour dicter moi-même *cent mille écus.*

Tout le monde resta comme pétrifié. « Comment ! que cela veut-il dire » ? Et quand j'eus raconté l'évènement qui avait changé mon sort. --- « Mon ,, père » , dit Adèle du ton de l'inspiration, « tout est expliqué. Je suis ,, sûre que sa fortune était bien plus ,, considérable , et que c'est à lui que

» nous devons le rétablissement de la
» nôtre. Oui, j'en suis sûre ; c'est à
» lui ». Je voulus jouer l'étonnement ;
mais M. d'Arleville et Justine adop-
tèrent cette idée d'Adèle, avec tant
d'empressement, s'y livrèrent avec
tant de confiance, que je ne savais déja
plus comment me défendre, lorsque le
Notaire acheva de m'en ôter l'espoir,
en disant que c'était moi qui avais
annoncé cette heureuse nouvelle.

Le secret que j'avais gardé sur mon
voyage, le rapprochement des dates,
ne laissèrent plus de doute ; et, quoi
que je disse, jamais je ne pus les
dissuader. --- « Mon ami », me dit
M. d'Arleville, « je voulais faire votre
» bonheur; je vous dois le mien. Nous
» sommes dignes l'un de l'autre ».

Q 2

Quand je vis qu'il n'y avait plus absolument aucun moyen de défendre mon secret, je voulus au moins ne pas m'approprier tout l'honneur d'une action dont la moitié appartenait à une autre. Je racontai le fait dans toute sa vérité. Ce fut une occasion heureuse de faire connoître à M. d'Arleville l'intéressante personne que son fils aimait. Il la jugea aussi favorablement que je pouvais m'y attendre. J'entrevis même qu'il n'aurait pas été fort éloigné de consentir que son fils l'épousât. Il avait trop appris, dans son malheur, à apprécier l'opinion, pour ne s'être pas affranchi de beaucoup de préjugés, et pour considérer dans ses semblables autre chose que leurs qualités personnelles.

CHAPITRE XXX.

MARIAGE.

IL avait appris aussi à connaître ces prétendus amis que la fortune donne et qu'un revers fait perdre. Quelques mois plutôt, il aurait fallu écrire des billets par centaines, pour informer je ne sais combien de gens, du mariage de sa fille. On n'en écrivit pas un seul ; mais tout le village fut averti. Un bon cabriolet alla chercher à la ville Bernard et la mère Simplet. Au lieu d'une fête bien chère, bien ennuyeuse, on en donna une bien simple, à laquelle tout le village assista, et dont la véritable gaieté fit les frais. Le magister composa des couplets qu'un Académicien aurait trouvés détestables, et que nous trouvâmes jolis. Il n'y aurait cherché que de l'esprit ; il n'y avait que du sentiment. Et puis les refrains, et puis les danses, et puis les espiégleries, et puis les fusées que les garçons lançaient contre les filles, qui se sauvaient en poussant ce cri qui porte en même tems l'expression de la joie et celle de la frayeur. Enfin, loin de bâillér au bout d'une demi-heure, comme cela arrive dans les fêtes brillantes de la ville, la journée entière s'écoula sans qu'on eût une seule fois regardé le cadran de l'horloge. Moi seul. . . , ... Mais on sait bien que cela ne prouvait rien contre la fête.

CHAPITRE XXXI.

PROJET DE RETRAITE EXÉCUTÉ.

LE jeune d'Arleville, dont on avait attendu le retour pour célébrer mon mariage, desirait aussi bien impatiemment le moment où il pourrait s'échapper pour courir à Paris. Son père était allé le recevoir à son débarquement à Calais, ne l'avait plus quitté, et l'avait ainsi obligé de nous donner des momens que l'amour réclamait pour Julie. Il était d'autant plus pressé de la revoir, qu'aux inquiétudes dont on est toujours tourmenté loin d'une personne chérie, se joignaient celles que cause un silence prolongé : depuis long-tems , il n'avait reçu aucune lettre de Julie. Il cherchait à se persuader que de fausses combinaisons entre son itinéraire et les jours de courrier en étaient la cause ; mais un secret pressentiment dont il voulait en vain se défendre.....

Hélas! il n'était que trop fondé. Julie avait quitté Paris.

J'avais espéré que moins timorée, à mesure qu'elle avait recouvré sa santé , elle avait abandonné le projet formé dans sa maladie. Mais elle l'avait exécuté à la réception de la lettre par laquelle d'Arleville l'informait de son arrivée en France. Bernard et la mère Simplet étaient avec moi ; elle avait éloigné Lisbeth , et enfin si bien choisi son moment , si bien pris ses mesures , que personne , absolument personne , ne savait le lieu de sa retraite.

Que devint l'infortuné d'Arleville lorsque Lisbeth toute en larmes lui remit cette lettre !

« Des raisons que je ne puis vous
» dire , me forcent à m'éloigner , à
» vous ôter même l'espérance de nous
» revoir jamais. Je vous paraîtrai sans
» doute bien coupable. Je vous assure
» cependant que je ne suis qu'à plain-
» dre ; et que , si vous remplaciez par
» une opinion désavantageuse les sen-
» timens que vous m'avez accordés
» jusqu'à ce jour, vous seriez bien in-
» juste envers

JULIE.

CHAPITRE XXXII.

L'AMOUR MATERNEL.

CE fut en vain qu'il fit toutes les perquisitions imaginables. Il ne put rien apprendre, et revint au château, le désespoir dans l'ame. Bientôt il tomba malade. Long-tems nous tremblâmes pour ses jours. Son père, mon épouse et moi, nous souffrions plus de ses maux, que si nous les eussions éprouvés nous - mêmes. Cependant quelle distance encore de notre douleur à celle de Justine! Je croyais que, dans les différentes situations où je l'avais vue, elle m'avait rendu témoin de

tous les degrés de sensibilité ; mais
elle n'avait pas encore tremblé pour la
vie de son enfant. O nature ! nature !
quelle énergie tu donnes à la tendresse
maternelle !

Il fallait voir Justine au chevet du
lit de son fils , ne le quittant ni jour
ni nuit , ne prenant ni nourriture , ni
sommeil , lui adressant presque con-
tinuellement ces expressions douces ,
consolantes , qu'une mère seule sait
trouver et employer , le couvrant de
baisers à travers des ruisseaux pesti-
lentiels de sueur, suivant ses moindres mouvemens , changeant d'attitude avec lui , recueillant ses soupirs , brûlante ou glacée , suivant qu'il
éprouvait les ardeurs ou les frissons
de la fièvre ; jusqu'à sa respiration que,

dans les momens d'oppression qui ac-
compagnaient les crises dangereuses,
elle mettait à l'unisson avec celle de
son fils..... Enfin on eût dit qu'elle
et lui n'étaient que deux moitiés du
même être. Le coup fatal n'aurait pas
frappé l'une sans anéantir l'autre ; mais
le ciel ne fut pas inexorable : il enten-
dit les vœux de cette tendre mère,
les nôtres. Le jeune d'Arleville ne fut
point enlevé à notre tendresse.

CHAPITRE

CHAPITRE XXXIII.

LES AMANS RÉUNIS.

UN jour que j'étais dans le parc, occupé à cueillir des plantes ordonnées pour le malade, j'entends quelqu'un de l'autre côté du mur.

« Holà ! eh ! y a-t-il encore loin » d'ici au château d'Arleville ? --- » Vous-y vlà, Monsieur. --- Dis moi » encore, l'ami. Sais-tu si M. Blan- » çay y est à présent ? --- Oui-dà, » Monsieur ».

Je crus reconnaître la voix de Sans-Regret. Je m'empressai d'ouvrir une petite porte auprès de laquelle je me

II.   R

trouvais, C'était effectivement lui. Dès
qu'il me vit, il courut à moi, et m'em-
brassant tout aussi familièrement qu'il
avait toujours fait. . . . Un autre m'aurait abordé respectueusement, à cause
de ma nouvelle fortune, et ce respect-
là m'aurait humilié ; au lieu que je fus
fier de sa familiarité ; elle était une
preuve qu'il me rendait justice.

    ---- « Mais qu'avez - vous donc » ?
me dit-il. « Vous avez l'air tout je ne
» sais quoi. Est-ce qu'il n'y a donc pas
» moyen de devenir riche sans devenir
» en même tems soucieux » ? Mais,
quand je lui eus fait part de l'état du
jeune d'Arleville : ---- « Ah ! c'est
» différent çà. Gn'y a de quoi s'affliger ;
» mais c'est égal, vlà z'un luron », en
se frappant la main sur le ventre,

« vlà z'un luron qui va tous vous con-
» soler. Si le mal de M. d'Arleville ne
» vient que de ne pas savoir ous'qu'est
» sa Julie, je l'guérirai, moi, et j'men
» vante. Il y a trois jours qu'en passant
» par un chemin détourné, il était
» nuit, le terrein était gras, j'avais bu
» un petit coup, tant y a que j'roulai
» dans un fossé, que ça pouvait passer
» pour une chûte à me casser le cou,
» mais c'est égal; on me prit, on me
» porta dans une maison voisine, où
» je fus soigné comme un Colonel; et
» ce qui gn'y avait de pu gracieux,
» c'est que la maîtresse du logis était
» belle à croquer, mais j'dis plus belle
» que si elle n'avait été que belle,
» parce qu'elle avait l'air d'être blo-
» quée de d'puis long-tems par le cha-

R 2

» grin. Le lendemain elle me fit dé-
» jeûner, voulut me donner de l'ar-
» gent ; mais votre serviteur, que je
» dis, un guernadier n'tend pas la main
» comm'çà. Me vlà donc parti ; mais
» j'avais dans la tête que je connaissais
» ma belle hôtesse. En effet, à force
» de me rappeler ce trait-ci, ce trait-
» là, j'ai reconnu par mémoire Mlle.
» Julie ».

--- « Ah ! mon cher Sans-Regret !
» mon cher ami ! allons vîte rendre
» la vie à toute une famille ». Et, me
mettant à courir, je suis en un clin-
d'œil auprès de M. d'Arleville. ---
« Dieu soit loué » ! s'écria-t-il avec
transport. « Le bonheur de mon fils ne
» dépend plus que de moi. Cependant
» ménageons sa faiblesse, celle de sa

» mère ; ne leur apprenons qu'avec
» précautions. . . . . Mais est - il
» bien sûr ? . . . . --- Et je m'en
» vante » , dit Sans-Regret, qui m'a-
vait suivi courant à sa manière. « Je
» ne l'ai vue en tout que deux fois ; je
» ne l'ai reconnue que de mémoire ;
» mais c'est égal. Je parierais mes
» moustaches que c'est elle – même.
» --- Il serait si dangereux » , dit M.
d'Arleville , « de donner une fausse
» joie à ma femme ! à mon fils !
» Voudriez - vous me conduire chez
» Julie ? --- Oui - dà ! --- Eh bien !
» partons sur-le-champ ».

On fit atteler une voiture. M. d'Arleville prit un prétexte. Il partit avec
Sans - Regret. Le troisième jour , il
fut de retour avec Julie. Pendant son

R 3

absence, Adèle et moi, nous avions d'abord jeté quelques lueurs d'espérance dans le cœur du jeune d'Arleville et de sa mère. Nous les avions fortifiés graduellement, enfin nous avions annoncé que la retraite de Julie était découverte, ensuite qu'elle venait, enfin qu'elle était arrivée. Malgré tous ces ménagemens, l'instant où elle parut nous fit trembler de nouveau pour la vie de son amant. Des convulsions, des évanouissemens, le délire ; mais ce ne fut l'affaire que des premiers momens. Cette crise passée, nous n'eûmes plus qu'à espérer. Bientôt le retour entier de la santé de d'Arleville, et son mariage avec Julie, ne nous laissèrent plus de vœux à former.

Fidèle aux principes que l'expérience lui avait fait adopter, M. d'Arleville s'inquiéta peu de l'opinion d'un monde auquel il renonçait. Il ne vit que l'existence de son fils, et les vertus par lesquels Julie avait racheté une faiblesse. Justine donna avec joie le titre de sa fille à la généreuse bienfaitrice qui avait si tendrement compati à sa situation. Tout ce que je devais à Julie, est un garant du plaisir avec lequel je la nommai ma sœur. La tendre amitié d'Adèle pour son frère ne pouvait que lui rendre bien chère la personne qui faisait son bonheur.

CHAPITRE XXXIV.

LES VRAIS PLAISIRS.

DANS une telle situation, qu'auraient été pour nous les prétendus plaisirs du grand monde? Nous y renonçâmes pour jamais (1), et les brillantes sociétés de la capitale furent remplacées par le solide attachement des gens de la campagne.

Bernard, Lisbeth, et la mère Simplet, sont établis dans un joli manoir que nous leur avons donné tout au-

_____

(1) Nous ne conservâmes de relation au-dehors qu'avec nos bons amis de Hollande.

près du château. Nous avons voulu faire de Sans-Regret notre concierge ; mais il a préféré la garde de nos bois, pour ne pas quitter le sabre et le mousquet.

Nous avons institué des fêtes pour éterniser quelques époques de notre vie, telles que le mariage de M. d'Arleville avec Justine, celui de son fils avec Julie, le mien avec Adèle. Leur nombre s'augmente chaque année, par les anniversaires de nos enfans. On juge bien que je n'ai point oublié l'époque où j'ai reçu la montre de Bernard. Lorsqu'un de nos vassaux s'est distingué par quelque trait de vertu, il reçoit à cette dernière fête, une montre d'argent, pareille à la mienne, et sur laquelle est gravé :

En mémoire de Bernard. Si celui qui a mérité le prix est pauvre , la montre est accompagnée d'une somme d'argent.

A chacune de ces fêtes , le bon Curé Francir distribue des récompenses aux enfans qui ont le plus mérité ; la mère Simplet fait une neuvaine , et brûle des cierges ; Lisbeth préside à l'ajustement des jeunes paysannes ; Bernard soigne les détails ; Sans-Regret , aidé de quelques jeunes gens qu'il exerce , entremêle d'évolutions militaires les danses villageoises , et finit toujours pas s'enivrer ; *mais c'est égal.* Justine, Adèle et Julie font des mariages, donnent des trousseaux et des layettes ; M. d'Arleville , son fils et moi , nous donnons des portions de terrein à dé-

fricher , des instrumens pour les cul-
tiver , des grains pour les premières
semences.

.C'est ainsi qu'au milieu des jouissances vraies du sentiment , nous trou-
vons le bonheur que nous aurions en
vain cherché dans les erreurs du luxe
et de la vanité.

F I N.

TABLE

Des Chapitres contenus dans ce volume.

(205)

(207)

Fin de la Table.

De l'Imprimerie de Guillot, rue
des Bernardins, N°. 25.

www.ingramcontent.com/pod-product-compliance
Lightning Source LLC
Chambersburg PA
CBHW051822020726
47502CB00005B/1584